Mord im Praetorium

Inhalt

FÜR FRANÇOISE

Die verlorene Liebesnacht

Es regnete, der Himmel war so grau wie der Rhein, der sich träge an der Stadt vorbeiwälzte, und ich wünschte, ich wäre in Rom. Heute morgen war ich noch im Tempel des Mercurius Augustus gewesen, einem bescheidenen Heiligtum, das man in die nordöstliche Ecke der Stadt gequetscht hatte, weitab vom Zentrum. An diesem Ort war ich um diese Zeit vollkommen allein, und so konnte ich ungehindert den Gott anflehen, den alten Marcus Cocceius Nerva endlich in den Hades einzulassen. Natürlich ist es ein Frevel, ausgerechnet im Tempel des Mercurius Augustus für den Tod des Kaisers zu beten, doch ich wußte mich in edelster Gesellschaft: Unser aller Herr, der ruhmreiche Konsul, Feldherr und Senator Marcus Ulpius Traianus wartete so ungeduldig auf die Nachricht vom seligen Entschlafen des Imperators und Adoptivvaters wie ein ausgehungerter Löwe darauf wartet, daß sich das Tor zur Arena endlich öffnet, damit er an Majestätsbeleidigern, Vergewaltigern, Christen, Dieben und anderen Verbrechern seinen Hunger stillen kann.

Denn wenn Nerva stirbt, dann wird Traianus Kaiser. Und wenn Traianus Kaiser wird, dann eilt er nach Rom. Und wenn Traianus nach Rom eilt, dann eilen alle seine Freunde, Berater, Klienten, Freigelassenen und Sklaven mit. Und meine Wenigkeit, Aelius Cassator, Freigelassener von Traianus' Schützling Publius Aelius Hadrianus, gehört dazu. Und damit könnte ich endlich diese gräßliche Provinzstadt mit ihrem pompösen Namen verlassen: Colonia Claudia Ara Agrippinensium. Eine sehr schöne, sehr logische Gedankenkette. Doch Logik ist nichts für Götter, kleine Frevel bestrafen sie sofort.

Ich hatte mich sehr darauf gefreut, hier im *Praetorium* die Saturnalien zu feiern und den einen oder anderen geharzten Weinschlauch zu leeren. Vielleicht wäre es mir sogar gelungen, die schöne Lubentina vor ihren anderen zahlreichen Liebhabern abzuschirmen und das große Fest auf höchst angenehme Weise in ihrem Bett zu beenden. Doch ich hatte meine Rechnung ohne Mercurius Augustus gemacht. Statt mir schweren Wein und eine sinnliche Sklavin zu verschaffen, legte er mir einen ärgerlichen Mann vor die Füße. Er war ungefähr 45 Jahre alt, klein und dürr, mit einem unattraktiven, durch einen verbitterten Ausdruck entstellten Gesicht – und er war tot.

Sechs Tage hatten wir die Saturnalien bereits gefeiert, sechs Tage, in denen die Menschen fröhlich waren, sich gegenseitig beschenkten und auf Gelagen an Festem und Flüssigem in sich hineinstopften, was nur hineinging. Sechs Tage lang gab es keine Unterschiede zwischen Herren und Sklaven – was für mich ein seltsames Gefühl war, da dies meine ersten Saturnalien waren, die ich nicht als Sklave feierte. Sechs Tage, an denen selbst so ein mieses Nest wie die CCAA im verregneten Dezember erträglich ist. Der siebte Tag sollte den Höhepunkt des Festes bringen, die größte Orgie fand im *Praetorium* statt – allerdings jetzt ohne mich. Der Abend war noch nicht weit fortgeschritten, ich war noch so gut wie nüchtern und würde es auch bleiben müssen. Und den begehrten Platz in Lubentinas Bett würde ein Glücklicherer erobern. Es war zum Heulen.

Das *Praetorium* ist der Amts- und Wohnsitz des kaiserlichen Legaten und aller hohen Tiere, die ein ungnädiges Schicksal zur CCAA verschlägt. Ein langgestreckter, braunroter Bau hart an der östlichen Mauer der Stadt, dessen passabel verzierte Front dem Rhein zugewandt ist, damit die Barbaren, die jenseits des großen Stromes hausen, eine

Ahnung von Roms Größe bekommen. Fast die ganze CCAA ist auf einem Plateau erbaut, das wenige Meter höher liegt als die unmittelbare Flußniederung. Das *Praetorium* liegt hart an der Grenze dieses Plateaus, die prachtvolle Front ragt sogar darüber hinaus. Also gibt es unten am Hang Abstützungen: gewaltige Kellergewölbe mit schönen Ziegelmauern, die in den letzten Jahren noch kräftig erweitert wurden. Oben besteht die Anlage aus einem zentralen Empfangs- und Festsaal, in dem gerade der öffentliche Teil des Gelages gefeiert wurde und diversen Arbeits- und Wohnräumen, Schreibstuben, Archiven und ähnlichem im Nord- und im Südflügel. (Den Geräuschen nach zu urteilen fand hier der intimere Teil der Ausschweifungen statt.)

Das Angenehmste am *Praetorium* war die Hypokaustenheizung der meisten oberen Räume, die einem half, das nieselig-kalte Wetter zu vergessen. Die Fußbodenheizung ist die beste Waffe des Römers bei der Eroberung Galliens, Germaniens und Britanniens gewesen. Ohne sie wären wir hilflos, mit ihr beeindrucken wir die Barbaren mehr als durch unsere gut gedrillten Legionen. Unten dagegen war es kühl. Die großen Kellergewölbe dienten als Vorrats- und Verkaufsräume für Fisch-, Fleisch-, Wein-, und Gemüsehändler sowie für Läden, in denen man feine Stoffe, Glas oder Keramik kaufen konnte. Da ihre Besitzer zu Hause oder bei Freunden ihre eigenen Orgien feierten und es hier keine Fußbodenheizung gab, die ein schnelles winterliches Liebesspiel erleichtert hätte, waren die Kellergewölbe um diese Zeit fast menschenleer.

Nur ein paar Sklaven huschten hier herum, die die Hypokaustenheizung zu befeuern oder sonstige Besorgungen zu erledigen hatten – trotz der angeblichen Gleichheit zwischen Herren und Sklaven während der Saturnalien. Einer von ihnen hatte den Toten entdeckt. Er war ermordet worden und lag am großen Becken unter dem Nordflügel, in das das Abwasser vom höhergelegenen Plateau floß, um dann von dort durch einen Kanal in den Rhein geleitet zu werden. Der Mann kannte sich im *Praetorium* offensichtlich gut aus, denn die meisten Bürger und Skaven der CCAA wußten sicherlich nichts von diesem architektonischen Detail. Eingeweihte dagegen benutzten es gerne, um sich ungestört zu erleichtern, vor allem an Feiertagen wie diesem, an denen die Latrinen durch Dutzende von Betrunkenen belegt und durch das, was diese dort hinterließen, auch unerträglich verschmutzt waren.

Der verängstigte Sklave hatte zunächst einen Dekurionen der Wache alarmiert, der wiederum einen Boten zu Traianus schickte. Unser Herr zog sich für ein paar Augenblicke diskret vom Gelage zurück und besah sich angewidert den Toten. Die Leute sind immer wieder überrascht, wenn man ihnen sagt, daß während der großen, fröhlichen Feiern wie den Saturnalien und privaten wie Hochzeiten oder Geburtstagen mehr Menschen umgebracht, vergewaltigt oder bestohlen werden als an gewöhnlichen Tagen. Traianus war noch aus anderen Gründen indigniert, denn einen Mord zu wagen, während er nur wenige Schritte entfernt feierte, faßte er als persönliche Beleidigung auf.

Es dauerte nicht lange, bis die Wache herausgefunden hatte, wer der Tote war: Calpurnius Repentinus, ein geladener Gast, der Besitzer einer der größten Glasmanufakturen der CCAA.

"Glas?" fragte unser Herr.

"Trinkgläser, Salben- und Parfumfläschchen und dergleichen", antwortete der Dekurio, "diese Stadt ist im ganzen Imperium für ihre feinen Gläser bekannt, Herr."

"Glas?" sinnierte Traianus wieder, allerdings hatte seine Stimme einen anderen Tonfall bekommen. Er war Soldat, die meisten Männer seiner Umgebung waren Soldaten, hinzu kamen Schreiber, Magazinverwalter und weitere überaus nützliche, aber leider vollkommen kulturlose Männer. Er schlenderte wieder nach oben zum Gelage und diskutierte das Problem kurz mit Hadrianus. Mein ehemaliger Herr hatte mich nicht ganz freiwillig freigelassen und nutzte darum jetzt jede Gelegenheit, um mir eins auszuwischen.

"Mein Aelius Cessator kennt sich in der Kunst der Glasherstellung aus", sagte er wie nebenbei. Das war eine grobe Übertreibung, mindestens. Doch damit wurde an diesem Abend nicht nur das Schicksal des Calpurnius Repentinus ein- für allemal besiegelt, sondern auch meins. Nur ahnte ich das damals noch nicht.

Ich stand deshalb kurz nach Traianus' Befehl, mich 'um diese Sache zu kümmern', neben dem Dekurionen am Wasserbecken und sah verdrießlich zu, wie vier Sklaven sich an dem Toten zu schaffen machten. Der Soldat spuckte ins Becken. Er war ebenfalls mißmutig, denn auch ihm entging natürlich die Orgie. Gemeinsames Leiden verbindet, und so empfanden wir ein gewisses grimmiges Zusammengehörigkeitsgefühl.

"Immerhin war es eine saubere Arbeit", sagte ich. Der Dekurio nickte düster. Die weiße Narbe an seinem Kinn, die vom jahrelangen Tragen des Helmgurtes herrührte, wippte bestätigend auf und ab.

"Würde mich nicht wundern, wenn es einer meiner Kameraden gewesen wäre. Das da sieht nach Legionärs- oder vielleicht auch Gladiatorenhandwerk aus. Ein Zivilist kriegt so etwas nur mit viel Glück hin."

Calpurnius Repentinus war durch einen einzigen Stich direkt ins Herz getötet worden.

Der Dekurio gebot den Sklaven durch eine Geste Einhalt und beugte sich zu dem Toten hinab.

"Der Größe der Wunde nach zu urteilen war es ein *Gladius*", sagte er. Ich ging ebenfalls in die Knie. Die weiße Toga des Repentinus war im ganzen Brustbereich blutverschmiert, aber weiter unten sauber.

"Tja, er ist offensichtlich nicht beim Pissen niedergestochen worden, sondern davor oder danach", kommentierte der Soldat meine Suche.

"Ich stelle mir das so vor: Er ist fertig, richtet seine Toga, dreht sich um und, zack!, wird ohne Vorwarnung umgelegt. Seine Hände sind unverletzt, er hat nicht gekämpft."

Ich nickte.

"Kann aber auch sein, daß sein Mörder ihm irgendwo im *Praetorium* mit gezücktem Schwert auflauerte und ihn zwang, bis hierhin hinabzusteigen, wo er ihn dann gefahrlos in den Hades schicken konnte", entgegnete ich. "Außerdem wüßte ich zu gerne, warum man ihm Charons Fährpassage spendiert hat." Ich deutete auf die Hände des Opfers, an deren Fingern einige breite goldene, edelsteinbesetzte Ringe steckten. "Ein Raubmord war es auf jeden Fall nicht."

Wir untersuchten den Toten genauer und entdeckten einen fein gearbeiteten, edelsteinbesetzten Dolch, den er gut versteckt unter seiner Toga getragen hatte.

"Schöne Arbeit", kommentierte der Dekurio fachmännisch, "nicht von hier. Nur in Rom selbst gibt es Waffenschmiede, die so etwas hinkriegen." Er schnalzte zugleich bewundernd und bedauernd mit der Zunge. Es tat ihm offensichtlich leid, daß er diesen Dolch – jetzt, da man ihn vor Zeugen gefunden hatte – nicht heimlich einstecken konnte.

"Es ist den Gästen verboten, auf Feiern wie diesen versteckte Waffen zu tragen", meinte ich entrüstet. "Warum hat Repentinus so etwas gewagt?"

Der Dekurio spuckte wieder verächtlich ins Wasserbecken. ''Ein Provinzler! Hier in der CCAA hält man sich grundsätzlich nicht an die Gesetze. Jeder, der hier auch nur ein bißchen was auf sich hält, hat eine Waffe versteckt. Aber das ist alles nur pure Prahlerei. Keiner von denen traut sich jemals, blankes Eisen zu ziehen!''

Ich schüttelte spöttisch den Kopf. ''Einer hat es heute abend schon gewagt'', entgegnete ich.

Zusammen mit dem Dekurio verbrachte ich dann den Rest des Abends damit, alle im *Praetorium* stationierten Soldaten auszufragen – zumindest alle, die noch nüchtern genug waren, um unsere Fragen verstehen zu können. Die Männer, die Wache stehen mußten, waren dankbar für jede Abwechslung und erzählten uns in aller Ausführlichkeit allen möglichen Unsinn, die anderen unterbrachen wir beim Trinken oder beim Liebesspiel, weshalb ihre Antworten entsprechend knapp und unfreundlich ausfielen. Doch als ich mich endlich müde auf mein Lager werfen konnte, war ich so klug wie zuvor. Niemand hatte etwas gesehen, niemand hatte etwas gehört, niemand wußte etwas über das Opfer, niemand hatte sich durch irgend etwas verdächtig gemacht. Ich befürchtete bereits, daß der Dekurio Unrecht hatte. Wer immer Calpurnius Repentinus in den Hades geschickt hatte – einer der Soldaten im *Praetorium* war es mit ziemlicher Sicherheit nicht. 'Wenn du nicht weißt, wer es war, dann mußt du wissen, warum er es war!' Dieser Satz zeugte von schlechtem Latein und guter Menschenkenntnis. Er stammte von meinem ehemaligen Sklavenaufseher, der nach diesem Motto verfuhr, wenn einer von uns Sklaven etwas ausgefressen hatte und er sich daran machte, den Übeltäter aufzuspüren. Ich beschloß, mich am nächsten Tag wegen Calpurnius Repentinus umzuhören. Vielleicht stieß ich dabei auf jemanden, der ihm so feindlich war, daß er nicht einmal die Saturnalien abwarten konnte, um ihn in den Hades zu schicken.

Der gläserne Reichtum

Viele Freigeborene stellen sich das Leben eines Sklaven schrecklich vor, wenn sie überhaupt einmal an Sklaven denken: Der rechtlose Besitz eines anderen Menschen. Wie eine Vase oder ein Pferd, nur billiger. Das stimmt natürlich im Prinzip, doch stehen dem einige gravierende Vorteile gegenüber – vorausgesetzt, man hat den richtigen Herren. Mein Herr Hadrianus war ein Günstling unseres zukünftigen Kaisers und als solcher alles andere als arm. Außerdem hatte er Geschmack. Das bedeutete zunächst einmal, daß er es haßte, Leute mit zerschlagenen Gesichtern oder verrenkten Gliedern zu sehen, weshalb wir Sklaven nur in einem alles in allem sehr erträglichen Rahmen gezüchtigt werden durften. Und wir wohnten in seiner Villa, in bescheidenen Zimmern in einem Nebengebäude, aber immerhin.

Dies kam mir jeden Morgen als erstes schmerzhaft zu Bewußtsein, wenn ich die Augen aufschlug und meine neue, erbärmliche Bleibe ansehen mußte. Die ersten Wochen nach meiner Freilassung durfte ich noch bei Hadrianus wohnen, doch als wir alle zusammen im Gefolge von Traianus in die CCAA zogen, hatte ich mir gefälligst selbst etwas zu suchen. Aus war's mit dem Villenleben. Ich lebte jetzt in einer Wohnung, zwei Blocks nördlich des Decumanus Maximus im Nordwesten der Stadt, die sich großsprecherisch 'Haus der Diana' nannte. Damit Mietshäuser nicht, wie es früher häufig vorkam, wegen Schlamperei bei der Errichtung einfach in sich zusammenstürzten, galt im ganzen Imperium eine Höhe von 40 Ellen als Maximum, alles darüber wurde von den kaiserlichen Beamten verboten. Das 'Haus der

Diana' hatte vier Stockwerke und war offiziell genau 40 Ellen hoch. Ich hatte aber den begründeten Verdacht, daß es tatsächlich ein paar mehr waren. Hier in der CCAA hielt man auch den strengsten kaiserlichen Befehl nur für eine Art Schätzwert, dem man sich im Rahmen großzügiger Toleranzen zu nähern hatte.

Da sich die Straßen der CCAA aus mir unerfindlichen, aber irgendwie typischen Gründen nicht rechtwinklig schnitten (so, wie es sich für eine richtige römische Stadt eigentlich gehörte), sondern in einem stumpfen Winkel, hatten alle Grundstücke die Form eines Parallelogramms. Unser Wohnblock war ein Ziegelbau. Im Erdgeschoß waren Tuch- und Gewürzläden untergebracht, so daß es im ganzen Haus recht passabel roch. Davor überspannten Laubengänge den Bürgersteig. Sie stützten gleichzeitig den Balkon ab, der sich im ersten Stock rund um das Gebäude zog. Hier lagen die teuren, halbwegs komfortablen Wohnungen; im zweiten Stock waren die Wohnungen bereits bedeutend bescheidener, ganz oben waren es nur je zwei einfache Zimmer mit kleinen Fenstern. Fast überflüssig zu erwähnen, in welchem Stockwerk ich wohnte. Von meinen Mitbewohnern wurde ich allgemein beglückwünscht, daß ich im Winter eingezogen sei, denn im Sommer würde es dort oben unter dem nur leicht schräggestellten Ziegeldach schlicht unerträglich heiß werden. Ich hoffte inständig, daß bis dahin Nerva im Reich der Schatten und ich wieder in Rom sein würde.

In der Mitte unseres Blocks lag ein langgestreckter Innenhof. Hier befanden sich eine Zisterne und ein großes Becken, so daß wir Mieter unser Wasser nicht von einem der öffentlichen Brunnen herschleppen mußten. Den Hauptzugang bildete ein dunkler, gewölbter Gang, der von der Straße zum Innenhof führte. Von ihm zweigten die engen hölzernen Stiegen zu den oberen Stockwerken ab, außerdem befand sich hier die Latrine des Hauses. Mein Nachbar, ein verdrießlicher hellenischer Hauslehrer, war oft zu faul und manchmal auch zu betrunken, um bei einem dringenden Bedürfnis die drei Stockwerke hinunterzusteigen. Er füllte lieber einen Bronzeeimer und entleerte ihn gelegentlich auf die Straße, was ihm schon mehrere Morddrohungen und im Haus den Beinamen 'der Dachscheißer' eingebracht hatte.

Im Innenhof hing eine einfache, grob gearbeitete Tontafel, die die Göttin der Jagd zeigte – daher der Name unseres Mietshauses. In einem dunklen Raum an der Nordseite des Erdgeschosses war ein unauffälliges *Mithraeum* eingerichtet worden: ein kleiner, in die Wand eingelassener Altar, auf dem eine bescheidene Mithrasstatue stand.

Diesen unüblichen religiösen Schmuck hatte unser Haus der Besitzerin zu verdanken. Iulia Famigerata war die Witwe eines Zenturionen, der vor seinem Tod in einer Wirtshausschlägerei irgendwie an so viele Sesterze gekommen war, daß er sich ein Mietshaus kaufen konnte. Sie war ungefähr 40, dick, geschwätzig, berechnend bis zum Geiz und so fromm, daß sie dem Lieblingsgott ihres Mannes ein kleines Heiligtum geweiht hatte, obwohl es sich dabei nur um einen obskuren persischen Gott handelte, den einige Legionäre, aber sonst eigentlich niemand verehrte. Als sie hörte, daß ich, wenn auch nur auf der zweituntersten Ebene, zum Gefolge des Traianus gehörte, vermietete sie mir bereitwillig eine Wohnung. Wahrscheinlich stellte sie sich vor, daß kraft meiner Anwesenheit das Haus besser vor Einbrechern geschützt wäre oder so etwas ähnliches.

Noch nie in meinem Leben war ich am Morgen nach den Saturnalien so leicht und nüchtern aufgewacht wie heute – eine Tatsache, die mich in eine gelinde Verzweiflung stürzte. Meine Laune wurde auch nicht dadurch verbessert, daß ich mich langsam wieder an den Auftrag erinnerte, den Traianus mir am letzten Abend verpaßt hatte. Es konnte sicher nicht schaden, zur Abwechslung mal wieder zu beten.

Ich hatte mir in einer Ecke des Raumes ein bescheidenes *Lararium* eingerichtet: eine Holzbank, mit diversen Götterstatuetten aus bemaltem Ton . Mein Genius befand sich in der Mitte, ein Mann in der Toga mit verhülltem Haupt, einem opfernden Priester nachempfunden; links und rechts standen zwei Jünglinge mit Trinkhorn und Opferschale, meine Laren, davor lag eine heilige Schlange. Auf das einzige unübliche Detail dieses *Lerariums* war ich besonders stolz, auch wenn es mir jedesmal einen Stich versetzte, es anzusehen. Lubentina, die sonst jeden Sesterz, den sie durch Liebesdienste einnahm, eifersüchtig hütete, um sich irgendwann freikaufen zu können, hatte vor einem halben Jahr zu meinem fünfunddreißigsten Geburtstag tatsächlich ihre eisernen Prinzipien vergessen und mir etwas geschenkt. (Oder es war das Geschenk eines ihrer Liebhaber, das sie generös an mich weitergab, was ungefähr auf das gleiche hinauslief.) Es war eine kleine Venusstatue. In einem durch zwei winzige Säulen und einen Giebel angedeuteten Tempelchen stand die Göttin in aufreizender Pose da, ihr Gewand mit der linken Hand graziös vom Körper streifend. Es war nicht schwer zu erraten, daß Lubentina selbst dem unbekannten Künstler für die Liebesgöttin Modell gestanden hatte.

Ich opferte vor den Götterstatuetten in einer Schale etwas Weihrauch und ein paar Tropfen Wein, die ich in dem irdenen Krug gefunden hatte, den ich vor zwei Tagen, als die Saturnalien noch fröhlich und unbeschwert waren, mit hinauf in meine Wohnung genommen hatte. Diese Handlung erleichterte mich. Wenn ich ehrlich bin, so muß ich zugeben, daß ich nicht mehr an die Götter glaube – aber Opferhandlungen beruhigen mich noch immer. Nach diesem

Ritual fühlte ich mich so weit gestärkt, daß ich mich in die nieselige CCAA hinauswagen konnte.

Was tun? Zunächst einmal mußte ich sicher aus dem Haus kommen. Iulia Famigerata konnte mir hier überall auflauern. Ich konnte mich auf der Stiege befinden, im Innenhof, auf der Latrine, im Laubengang vor dem Haus – plötzlich stand meine Vermieterin vor mir wie ein Geist aus der Unterwelt, legte ihre Patschhände besitzergreifend auf meinen Unterarm und erzählte mir ihr Leben. Ich war mir nicht ganz sicher, ob sie es selbst auf mich abgesehen hatte oder ob sie mich für eine Ehe mit einer ihrer beiden verzogenen, halbwüchsigen Töchter weichklopfen wollte – oder ob alles nur an ihrer hemmungslosen Klatschsucht lag, und sie weiter keine Hintergedanken hatte. Mein Opfer vor dem Lararium wirkte wenigstens an diesem Morgen – ich konnte mich unerkannt aus dem 'Haus der Diana' schleichen.

Die Straßen der CCAA waren ziemlich breit und gut gepflegt – um ehrlich zu sein, übertrifft das elende Nest in dieser Hinsicht sogar die meisten Gassen Roms. Sie waren mit Steinen gepflastert, das Regenwasser lief in Rinnen in der Mitte ab. Die Bürgersteige zu beiden Seiten lagen eine Elle höher, damit die Fußgänger sich nicht durch Pferdemist und Straßenabfälle beschmutzten. An Kreuzungen bestanden die Bürgersteige nur aus einer Reihe niedriger plateauförmiger Erhebungen, ähnlich Steinen in einem Fluß, so daß Pferde und Fuhrwerke sie gut passieren konnten. Links und rechts der Straßen standen meistens Wohnblocks, deren Laubengänge die Bürgersteige durchgehend schützten. So wandelte man im Sommer im Schatten (sofern es hier jemals einen richtigen Sommer geben sollte), in der übrigen Jahreszeit war man halbwegs regensicher.

Ich hatte erwartet, am Morgen nach den Saturnalien durch eine Geisterstadt zu gehen, doch ich hatte mich getäuscht. In den Provinzen ist man strebsamer, frommer, moralischer, kurz: in solchen Dingen verkniffener als in Rom, außerdem gab es hier viele Germanen, denen dieses Fest gar nichts bedeutete. Zu dieser frühen Stunde fuhren deshalb viele Ochsenkarren durch die Stadt, gelenkt von träge neben dem Joch hergehenden Bauern, beladen mit Gerste, halben Schweinen oder großen Wein- und Ölamphoren. Es waren die letzten Nachzügler auf dem Weg zum *Forum*. Während des Tages durften keine Fuhrwerke in die Stadt, weshalb es in der CCAA, wie in jeder ordentlichen römischen Gemeinde, nachts ebenso laut war wie tags: Ochsen, Esel, Pferde und ihre jeweiligen Kutscher oder Reiter veranstalteten ein gewaltiges Spektakel, bei dem man oft nicht sagen konnte, welches Gebrüll, Gewieher oder Muhen von den Tieren, welches von den Menschen stammte.

Die Bürgersteige waren voll von Menschen, deren Gesichter so grau waren wie der niedrige Himmel: Sklaven auf dem Weg zum *Forum* oder schon auf dem Rückweg, beladen mit den Vorräten fürs Mittagsmahl; griesgrämige Legionäre auf irgendwelchen Patrouillen oder Botengängen; fröhlich im Nieselregen herumtobende Kinder; Waschweiber auf dem Weg zum nächsten Brunnen; zwei verschlafene Priester, die zu einem Tempel eilten; hünenhafte schwarze Träger, die eine verhangene Sänfte auf ihre furchteinflößenden Schultern geladen hatten und in diesem deprimierenden Wetter erbärmlich froren; Händler, die die Verschläge ihrer Läden öffneten und auf frühe Käufer hofften; dazu ein paar Betrunkene und Prostituierte sowie einige vornehm gekleidete, aber ziemlich derangierte Männer und Frauen, die sich aus den Häusern schlichen, in denen sie ihre heimlichen Ausschweifungen erlebt hatten. In den nächsten Tagen würde hier in der CCAA, wie überall im Imperium nach den Saturnalien, die Zahl der Eheschließungen und Scheidungen sprunghaft steigen.

Ich mußte niesen. "Bei Mars!" fluchte ich, "wie konntest du es zulassen, daß der vergöttlichte Gaius Iulius Caesar solche ungesunden Provinzen eroberte?" Ein betrunkener Alter, der zufällig in der Nähe stand, lallte, nickte mir zustimmend zu, drehte sich dann um und kotzte auf die Straße. Auch ein Kommentar.

Es wäre taktlos und wahrscheinlich auch wenig sinnvoll, gleich am Morgen nach dieser grauenhaften Tat die *Familia* des Calpurnius Repentinus zu besuchen. Ich gehörte zwar zum Gefolge des Traianus, war aber doch nicht mehr als ein Freigelassener, während er ein Glashersteller und angesehenes Mitglied der CCAA gewesen war. Ich beschloß, erst einmal etwas mehr über das Opfer zu erfahren. Daß Repentinus Glas hergestellt hatte, war das einzige, was ich bis jetzt sicher wußte – also nahm ich mir vor, bei den Werkstätten herumzuschnüffeln.

Ich ging zwei Blocks weiter Richtung Rhein, bis ich den Cardo Maximus erreichte, wo ich mich nach links wandte. Es war nicht mehr weit bis zum Nordtor, wo mich zwei verschlafene Legionäre desinteressiert passieren ließen. Hier, unmittelbar vor den Mauern der Stadt, lag eine der Quellen für den Wohlstand der CCAA – vielleicht der Hauptgrund, warum dieses Nest noch nicht aufgegeben worden war, obwohl die Legionen, die ursprünglich hier stationiert gewesen waren, längst nach Bonna und Novaesium verlegt worden waren. Gläser aus der CCAA konnte man inzwischen sogar auf dem *Forum Romanum* kaufen.

Die im ganzen Imperium bekannten Glaswerkstätten waren eine Enttäuschung: Kleine, schäbige Ziegelbauten längs der großen Straße Richtung Norden nach Novaesium, aus deren hohen Kaminen es weiß oder rußschwarz qualmte.

Auf einigen ungepflasterten Plätzen standen hohe, gedeckte zweiachsige Karren, die von je vier oder sechs riesigen Ochsen gezogen wurden. Ihre Ladung war schwer: Feinster Quarzsand, der wenige Meilen westlich der CCAA abgebaut, hierhin transportiert und verarbeitet wurde. Schwitzende Sklaven bildeten Schlangen, die den hellgelben Sand eimerweise in die Glasbläsereien schafften.

Ich schlenderte zum nächstgelegenen Gebäude und blickte durch das offene Tor ins Innere. Für einen Augenblick dachte ich, Trompeter mit Atemnot bei ihren verzweifelten Versuchen zu überraschen, doch dann erkannte ich, daß die pausbäckigen, rotgesichtigen Männer im Innern des Gebäudes an langen Rohren flüssiges Glas bliesen. Eine Hitzewelle schlug mir wie ein Hammer vor den Körper. Ich trat interessiert näher.

Das heißt, ich wollte interessiert näher treten, doch plötzlich stand mir ein menschliches Gebirge im Weg. Es war ein Germane, der so viele Köpfe größer war als ich, daß ich es lieber nicht schätzen wollte. Seine nackten Arme waren mit einem ganz lieblichen Flaum goldener Härchen bedeckt, doch die Muskelberge unter diesem natürlichen Fell waren alles andere als lieblich.

"Was suchst du hier?" Seine Stimme, irgendwo weit über mir, glich einem bedrohlichen Gewittergrollen. Ich räusperte mich und versuchte, im Vergleich zu ihm nicht allzu kläglich zu klingen.

"Ich bin aus Rom und nur für ein paar Tage in der CCAA. Das Glas dieser Stadt ist so berühmt, daß ich zu gerne einen Blick auf den Ort werfen würde, wo es hergestellt wird."

"Hau ab!" Das Grollen klang jetzt einige Nuancen tiefer. Offensichtlich war sich dieser Riese nun ganz sicher, daß ich kein wichtiger Besucher war, auf den man eventuell Rücksicht zu nehmen hatte. Ein Irrtum. Es war Zeit, ihn eines Besseren zu belehren. Ich bin nur mittelgroß und dünn, außerdem habe ich bereits stark gelichtetes Haupthaar – 'eine hohe Stirn wie der vergöttlichte Caesar', wie meine Lubentina lobte –, doch die Jahre in der nächsten Umgebung solcher Männer wie Traianus und Hadrianus hatten mich gelehrt, arrogant und herrisch aufzutreten. Ich richtete mich zu meiner vollen Höhe auf und entgegnete betont kühl: "Ich gehöre zum Gefolge des Konsuls Marcus Ulpius Traianus, und ich wünsche, diese Werkstatt zu besichtigen. Und zwar jetzt sofort."

Es wirkte nicht. "Und wenn du der Imperator selbst wärest, du kämest nicht über die Schwelle dieses Hauses!" Plötzlich hielt dieser fleischgewordene Dämon eine Keule in seiner rechten Pranke, mit der man Mauern einschlagen konnte. Er hatte mich sofort überzeugt.

"Wenigstens benutzt du den Konjunktiv richtig", sagte ich und verzog mich geschlagen.

Nach zwei Schritten hörte ich ein undefinierbares Rasseln und Pfeifen hinter mir und drehte mich um. Ich brauchte ein paar Augenblicke, um die Quelle dieser furchteinflößenden Geräusche zu erraten: Sie kamen offensichtlich aus der Lunge eines alten, schäbig gekleideten Mannes, der seinen zahnlosen Mund zu einem Grinsen verzogen hatte und mich unverfroren anstarrte.

"Du weißt wohl wenig über Glas, Herr?" keuchte er zwischen zweien seiner geräuschvollen Atemzüge hervor.

Alte Sklaven, die nicht mehr ganz richtig im Kopf sind, sind eine Plage in allen römischen Städten. Ich sah den Alten entgeistert an und suchte krampfhaft nach einer höflichen Erwiderung, mit der ich ihn elegant wieder loswerden konnte.

"Ich habe zwanzig Jahre lang Glas geblasen", rasselte der Mann, "deshalb ist meine Lunge jetzt auch löchrig wie ein Sieb."

Das änderte natürlich alles. "Kann ich dich zu einem Becher Wein einladen?" fragte ich.

"Wurde ja auch Zeit", gurgelte er.

Während wir langsam zur CCAA zurückgingen – wobei ich ständig befürchtete, den Alten neben mir mit einem Erstickungsanfall zu Boden sinken zu sehen –, erfuhr ich, daß mein neuer Bekannter Diatretus hieß und tatsächlich zwei Jahrzehnte als Sklave in einer der größten Glasbläsereien gearbeitet hatte. Vor kurzem hatte ihn sein Herr freigelassen, um die demnächst zu erwartenden Beerdigungskosten zu sparen.

Wir gingen in ein Wirtshaus, das zwischen dem Nordtor und dem Tempel des Mercurius Augustus lag. Es war ein schlicht ausgestatteter Raum. Direkt neben der Tür war die Wand für eine marmorne Theke durchbrochen worden, von der aus der Wirt Wein und einfache kalte und heiße Speisen direkt an die Fußgänger auf den Straßen verkaufen konnte. Da sich das jetzt noch nicht lohnte, lag ein schwerer Vorhang über der Theke und schützte den Innenraum mehr schlecht als recht gegen die nieselige Kälte. Die Wände waren innen weiß verputzt – bis auf die in der hintersten Nische, die ein primitiv ausgeführtes Bild zierte. Ich hätte es für die Darstellung eines Huhns mit monströsen Schwanzfedern gehalten, wenn mir nicht der Name des Gasthauses, 'Zum Pfau', einen Hinweis darauf gegeben hätte, was der stümperhafte Künstler eigentlich hatte darstellen wollen.

Die gewohnheitsmäßigen Zecher, um diese frühe Stunde normalerweise die einzigen Gäste, waren von den Saturnalien noch so angeschlagen, daß sie nicht in der Lage waren, bis hierhin zu taumeln. So waren Diatretus und ich allein. Wir setzten uns an den Tisch, der dem großen, wärmenden Herdfeuer am nächsten stand. Der Wirt sprang förmlich auf uns zu. Es war ein junger Mann, der zu der entnervenden Sorte Menschen gehörte, die schon am frühen Morgen fröhlich, optimistisch und voller Energie sind.

"Salve Diatretus!" brüllte er in einer Lautstärke, mit der Zenturionen normalerweise ihre Legionäre zum Appell riefen. Ich zuckte zusammen, doch der Alte grüßte huldvoll wie Caesar.

"Zwei Krüge Wein", rasselte er.

"Hast du mal wieder einen Dummen gefunden, was?!" schrie der hyperaktive Wirt, dann hielt er mir herausfordernd die offene Hand unter die Nase, bis ich begriff und zahlte. Erst dann knallte er zwei irdene Krüge auf den schäbigen Tisch. "Wein von hier!" kreischte er.

Ich nahm einen Schluck und würgte. "Das merkt man", keuchte ich – ich hörte mich vorübergehend an wie Diatretus.

Der Wirt verzog sich und wischte am anderen Ende der Taverne Staub, schlug zwei Fässer an und veranstaltete auch sonst ziemlich viel Lärm. Der Alte nahm einen tiefen Schluck.

"Dieser Wein stopft die Löcher in meiner Lunge", bemerkte er glucksend. Mir war es völlig schleierhaft, wie Wein Löcher stopfen konnte, doch offensichtlich hatte der alte Sklave recht: nachdem er den halben Krug intus hatte, hörte er sich beinahe wieder an wie ein Mensch.

"Warum hat mich dieser unverschämte Lümmel von einem Germanen nicht die Werkstatt sehen lassen?" fragte ich. Diatretus veranstaltete ein Spektakel, das als homerisches Gelächter begann und als veritabler Hustenanfall endete. Erneut fürchtete ich ernsthaft um sein Leben, beziehungsweise um meine Sesterze: Ich hatte ihm von meinen alles andere als kaiserlichen Geldmitteln einen Krug spendiert, doch er würde sterben, bevor er mir etwas verraten konnte. Aber wunderbarerweise erholte er sich.

"Glas ist Reichtum!" keuchte er, dann fuchtelte er mit ausgestrecktem Zeigefinger vor meiner Nase herum. "Denk bloß nicht, daß Glas Glas sei!" dozierte er. "Jede Glasbläserei hat ihre eigenen Geheimrezepte. Blöde Sklaven wie ich tun nichts anderes, als Glas zu blasen, doch es gibt auch kluge Sklaven, die von ihren Herren verhätschelt werden – die, die ständig an neuen Mischungen und Techniken herumprobieren. Ein Fläschchen für wohlriechende Essenzen, dessen grünes Glas heller schimmert als das der Konkurrenz, ein eingelegtes Streifenmuster, eine fein geschnittene Glasgemme – das ist mehr wert als Gold. Wenn du der einzige bist, der so ein Glas im Imperium verkaufst, dann ist das ungefähr so, als wenn dir der Imperator selbst eine Münzprägestätte geschenkt hätte: Du scheffelst das Geld talenteweise! Und natürlich ist die liebe Konkurrenz hinter dir, beziehungsweise deinem neuen Rezept her wie die Barbaren jenseits des Rheins hinter einem Römerkopf. Und nirgendwo ist die Konkurrenz so groß, nirgendwo sitzen so viele ehrgeizige Glashersteller in einer einzigen Stadt wie hier in der CCAA."

Ich starrte Diatretus verblüfft an. Plötzlich hatte ich eine Vision, wie sie vielleicht Dichter haben, wenn sie ihr zukünftiges Epos plötzlich fertig vor sich sehen. Da war eine klare, deutliche Spur, die zum Mord an Calpurnius Repentinus führte.

Als der Alte den Namen des Opfers hörte, nickte er nur. "War nur eine Frage der Zeit", röchelte er, "bis es ihn erwischte. Repentinus war der größte Konkurrent meines ehemaligen Herren. Ein Mann, ständig verbiestert, ohne wirkliche Freunde, dabei aber getrieben von Mißtrauen und Ehrgeiz. Ständig erfand er neue Rezepte. Was Glas anging, war er einfach der beste. Würde mich nicht wundern, wenn ihn einer der anderen großen Glashersteller der CCAA aus dem Weg geräumt hätte.'' Offensichtlich teilte Diatretus meine Vision.

''Und wer sind seine größten Konkurrenten?'' fragte ich. Der Alte blieb stumm und sah mich nur vielsagend an, bis ich begriff. Seuzend bestellte ich einen neuen Krug. Diatretus nahm einen tiefen Schluck und wischte sich über die Lippen.

''Warum willst du das wissen, Herr?'' fragte er.

''Weil der ehrenwerte Traianus es wissen möchte'', antwortete ich. Er nickte respektvoll.

''Repentinus war einer der 'großen Drei' der CCAA – die anderen sind Blussus, ein Kelte, den es hierhin verschlagen hat. Mehr weiß ich nicht von ihm; der dritte ist Gaius Aiacius Mango, mein ehemaliger Herr.''

Ich horchte auf. '''Mango' ist ein seltsamer Name, besonders für einen Glasfabrikanten'', bemerkte ich vieldeutig. 'Mango' ist eine nicht gerade schmeichelhafte Bezeichnung für Sklavenhändler. Diatretus ließ wieder sein angstmachendes Lachen hören.

''Mein alter Herr hat sich diesen Namen selbst zugelegt – und er ist wahr. Er hat sein Vermögen mit dem Sklavenhandel im Osten gemacht, doch jetzt ist er ganz groß in Sachen Glas eingestiegen. Die Profite sind höher.''

Ich lehnte mich zufrieden zurück. Plötzlich hatte ich zwei Verdächtige: Kelten traue ich grundsätzlich alles Schlechte dieser Welt zu, und Sklavenhändler sind so ziemlich die brutalsten und rücksichtslosesten Männer, die das Imperium aufzubieten hat. Diatretus erriet meine Gedanken.

"Über Blussus kann ich dir wenig sagen, Herr", zischte er, "doch Mango war es meiner Ansicht nach nicht. Es gibt Gerüchte, wonach er schon ziemlich viele Männer, die ihm im Weg waren, einfach hat verschwinden lassen – wobei du 'verschwinden' wörtlich nehmen kannst: Man hat nie wieder etwas von ihnen gesehen. Repentinus dagegen hat man gefunden, und zwar sozusagen direkt unter der herrschaftlichen Nase des allseits verehrten Traianus. Das ist nicht Mangos Stil."

"Vielleicht ist er bei der Tat überrascht worden", murmelte ich. Dann kam mir eine neue Idee. "Wer wird die Glashütte des Repentinus übernehmen?" fragte ich. "Gibt es keine Erben, die sie weiterführen werden? Reicht es wirklich aus, nur Repentinus zu beseitigen?"

"Es reicht", antwortete Diatretus trocken. "Repentinus hatte eine Frau, doch ich glaube nicht, daß sie den Mumm dazu hat, sich gegen skrupellose Männer wie Blussus oder Mango durchzusetzen. Die beiden haben einen Sohn, der genauso heißt wie sein Vater, aber er ist ein junger, ahnungsloser Nichtsnutz – für einen entschlossenen Mann ist er kein Konkurrent, übrigens nicht nur auf dem Feld der Glasherstellung, sondern überall. Er taugt überhaupt nichts. Und dann gibt es da noch Aulus Fortis, einen der beliebtesten und reichsten Männer der Stadt. Er ist stiller Teilhaber, er schoß einst angeblich dem mittellosen, aber ideenreichen Repentinus das Startkapital vor und kassiert seitdem einen moderaten Anteil am Gewinn. Ein Mann von bewundernswerter Kultur und Lebensart – aber ahnungslos was die Geheimnisse der Glasherstellung betrifft. Ich bin sicher, daß der gewissenhafte, aber mißtrauische Repentinus ihm immer pünktlich seinen Anteil ausgezahlt, ihn aber niemals in technische Geheimnisse eingeweiht hat. Fortis ist ohne Repentinus' Kenntnisse hilflos wie ein Neugeborenes. Ergo: Aus den 'großen Drei' sind dank Repentinus' tragischem Hinscheiden die 'großen Zwei' geworden.'' Er sah mich lauernd an. ''Mehr kann ich dir nicht sagen, Herr – noch nicht. Doch ich könnte mich umhören ...''

Ich dachte über diesen Vorschlag nach. Er würde mich einige weitere Weinkrüge kosten, doch dafür gewann ich einen exzellenten Informanten. Diatretus kannte sich bei den Glasherstellern aus, er kannte wahrscheinlich auch die richtigen Leute: Sklaven, Glasbläser, Rezeptmischer; er hatte Zeit; und schließlich gab es dabei die Möglichkeit, daß es Mango an den Kragen ging. Welcher so zynisch in die Freiheit entlassene Sklave wie Diatretus würde eine solche Gelegenheit ungenützt lassen, sich an seinem ehemaligen Herren zu rächen? Ich grinste ihn an und bestellte ihm noch einen Krug.

''Trink den auf mein Wohl und das des Imperators'', sagte ich gönnerhaft, ''und überleg dir in aller Ruhe, wie du dabei vorgehen willst. Ich höre mich inzwischen andernorts ein bißchen um, doch morgen treffen wir uns zur gleichen Stunde wieder hier. Für jede brauchbare Information gibt es Wein!''

Diatretus prostete mir zu und wünschte unserem Imperator Nerva ein langes Leben (was ich mit einem säuerlichen Lächeln quittierte), bevor er feierlich versprach, mir bis zum anderen Tag alles zu liefern, was ich brauchte, um den Mörder zu überführen. Ich hoffte inständig, daß das keine Übertreibung war und verließ das Wirtshaus. Draußen nieselte es noch immer, die Sonne war eine milchige Scheibe am grauen Himmel. Es gibt nur einen Ort, an dem ein echter Römer so ein Wetter aushalten kann: die Thermen.

Ich schlenderte den Cardo Maximus hinunter, vorbei am riesigen, um diese Zeit fast menschenleeren Heiligtum der *Ara Ubiorum*, hielt mich dann rechts und erreichte zwei Querstraßen weiter die 'Thermen der Sieben Weisen'. Sie waren ganz ordentlich: Ein kuppelgekrönter Ziegelbau von der Größe von vier Wohnblocks, innen marmorverkleidet, mit mehreren mosaikverzierten Becken, die durch Hypokaustenheizungen angenehm temperiert wurden, einer kleinen griechischen und einer passablen lateinischen Bibliothek sowie einem begrünten Innenhof, auf dem diejenigen, die dem Wetter trotzen wollten (zur Zeit also niemand), Ring- und Faustkämpfe, Speerwurf, Dauerlauf und andere sportliche Aktivitäten entfalten konnten.

Der Eingangsbogen war innen durch ein spezielles Mosaik ausgekleidet, das aus lauter bunten kleinen Glassteinen zu einem abstrakten Muster zusammengesetzt war. Die Wände des An- und Auskleideraums zierten Fresken der Sieben Weisen. Unter jedem Porträt stand in feierlichen, den offiziellen Inschriften nachempfundenen Lettern ein weiser Spruch – alle betrafen sie die Frage, wie man sich eine gute und geräuschvolle Verdauung erhält. Provinzhumor, so etwas ähnliches hatte ich schon mal in Ostia gesehen. Der Plebs in Rom fand Witze dieser Art schon vor zweihundert Jahren zum Gähnen.

Ich zahlte einem Sklaven ein As, damit er meine Habseligkeiten auf ein kleines Regal brachte und bewachte, dann ließ ich mir Salböle, bronzene Abstreifer und zwei leinene Handtücher bringen. Ich verzichtete – wie jeder vernünftige Mensch bei Regenwetter – auf Tepidarium und Frigidarium und ließ mich gleich zum Caldarium führen. Es war ein verhältnismäßig niedriger Raum. Das Becken zierte ein Mosaik aus Najaden und Delphinen, in zwei Wandnischen standen Apollo und Nerva – letztere war eine dieser praktischen römischen Wechsel-Statuen: Ein prachvoller marmorner Körper in wallender Toga, auf den man den jeweils passenden Kaiserkopf stecken konnte. Zwar paßte Nervas hageres, storchenähnliches Greisenantlitz überhaupt nicht zu diesem muskelbepackten Idealkörper, doch dafür sparte sich die CCAA bei dem zu erwartenden Kaiserwechsel die Kosten für eine vollständige Marmorstatue und brauchte nur einen neuen Kopf in Auftrag zu geben. Nebenbei würde Traianus' Kopf, das mußte ich neidlos anerkennen, auch perfekt auf diesen imposanten Rumpf passen.

Weiße Nebelschwaden waberten im *Caldarium*, irgendwo zischte Wasser über einen erhitzten Stein, schemenhaft sah ich Männer und Frauen, die wie Schiffe in der Flaute im Badewasser dümpelten, andere ließen sich von kräftigen germanischen oder schwarzen Sklaven massieren. Das gedämpfte Murmeln einiger träge geführter Gespräche erfüllte den Raum. Ich stopfte meine Badeutensilien in ein numeriertes Steinfach, hängte mein mit zwei winzigen Bronzeketten versehenes Glasfläschchen mit dem Öl an den dazu passenden Haken und glitt aufseufzend in das heiße Wasser. Römischer Komfort! Zum ersten Mal an diesem Tage fühlte ich mich wirklich wie ein zivilisierter Mensch. Wenn ich dereinst ins Reich der Schatten eingehen werde, dann wünsche ich mir den Hades wie eine einzige große Therme, dann ließe sich die Ewigkeit gut aushalten. Da ich allerdings den Humor der Götter kenne, bezweifle ich, daß sie für uns Sterbliche etwas so Angenehmes bereithalten.

Ich schloß die Augen, plantschte ein bißchen mit den Beinen in dem fast mannstiefen Wasser herum, bevor ich mich vom Beckenrand abstieß und ebenfalls 'Schiff in der Windstille' spielte. Die murmelnden Schemen links und rechts neben mir im Wasser waren wie Geister aus der Unterwelt, ihre undeutlichen Unterhaltungen hatten etwas

Beruhigendes: ich döste ein. Ich weiß nicht, wie lange ich so durch das *Caldarium* trieb, als plötzlich direkt neben meinem linken Ohr eine mir nur zu bekannte Stimme pathetisch ausrief:

"Siehe Aeneas, wie deine fernen Nachfahren im schwimmenden Schlafe dieses wilde Germanien beherrschen!" So einen kompletten Unsinn konnte nur eine verzapfen: Balbilla Macra. Ich hatte das dringende Bedürfnis, einfach wegzutauchen, doch es war natürlich zu spät.

"Herrin!" rief ich und versuchte vergeblich Begeisterung zu heucheln. "Was machst du hier?"

"Der Genius der Römer schuf die Thermen und besiegt damit die neidischen Götter, die uns Regen, Kälte und Nebel zur Erde entsenden!" antwortete sie.

"Niemand hätte auf meine Frage eine solche Entgegnung gefunden" murmelte ich und meinte es ausnahmsweise ehrlich.

Mein Verhältnis zu Balbilla Macra war von komplizierter Natur – was nichts besagte, denn ich kannte niemanden, der ein unkompliziertes Verhältnis zu ihr hatte. Sie war eine dreißigjährige, spindeldürre, permanent fröhliche Senatorengattin, Besitzerin Lubentinas und beste Freundin von Sabina Hadriana, der Frau meines ehemaligen Herren. Sie wäre eine durchaus erträgliche Person gewesen, wenn ihr nicht Lyrik und Philosophie den mit Weisheit nicht übermäßig gefüllten Kopf verdreht hätten. Doch so hatte sie sich vorgenommen, die größte Dichterin Roms zu werden, weshalb sie ständig mit schauderhaften Versen um sich warf.

Ihre Bettgefährten suchte sie nach ihren jeweiligen lyrisch-philosophischen Phasen aus. Als sie ihre kynische Epoche hatte, fand sie im eigenen Haus keinen entsprechenden Gespielen, doch ihre beste Freundin Sabina hatte einen passenden Sklaven parat – mich. Sabina hatte mich aus mir völlig unerfindlichen Gründen gern und dachte, daß sie mir auf diese Weise etwas Gutes täte, was natürlich ein Irrtum war. Meine große Liebe – zumindest zu dieser Zeit – war eine süße Sklavin aus Rhodos, doch so etwas zählte für unsere Besitzer nicht.

Also mußte ich eines Abends zu Balbillas Villa gehen und an ihrem Bettlager antreten wie ein junger Soldat, der sich zum ersten Mal bei seiner Legion meldet. Ich fühlte mich ähnlich. Es war die schlimmste Liebesnacht in meinem Leben. Balbilla legte sich zu mir aufs Lager und – sang zur Lyra ein selbstverfaßtes 'kynisches Liebesgedicht'. Das war zuviel für meine Manneskraft – worauf Balbilla auch noch stolz war.

''Meine Verse haben die Kraft, selbst Eros' Pfeile abzulenken!'' rief sie. Anschließend benahm sie sich glücklicherweise wie eine normale Frau auf dem Liebeslager und wir brachten die Nacht doch noch zu einem befriedigenden Ende.

Für die nächsten Wochen mußte ich mir Abend für Abend eines von Balbillas grauenhaften Gedichten anhören, bevor wir zur Tat schritten. In der Zwischenzeit fand meine Liebste Gefallen an einem Sklaven, der in den Ställen arbeitete und verstieß mich. Und am Ende hatte Balbilla genug von Kynikern aller Art und begann stattdessen, sich für Sappho und den Kreis der Lyrikerinnen von Lesbos zu interessieren. Dazu paßte, daß sie auf meine Dienste verzichtete und es stattdessen mit einer verführerischen, leidenschaftlichen Frau probierte: ihrer Sklavin Lubentina. So lernte ich diese Fleisch gewordene Liebesgöttin kennen und zog wenigstens einen Vorteil aus dieser Geschichte.

Jetzt fuchtelte Balbilla im heißen Wasser vor mir herum wie eine junge Robbe. Ihre Art, ahnungslose Männer in den

Thermen mit ihren Gedichten anzufallen, war allgemein berüchtigt.

"Wenn ich jemals Imperator werden sollte", pflegte mein ehemaliger Herr Hadrianus zu sagen, der in dieser Hinsicht eines ihrer beliebtesten Opfer war, "dann nur, um in meinem ersten Edikt das gemeinsame Baden von Männern und Frauen zu verbieten. Es ist an der Zeit, daß ein Mann wenigstens in den Thermen seine Ruhe hat!"

"Ich hörte, daß der große Traianus dir die ehrenvolle Aufgabe übertragen hat, jenes abscheuliche, hm, Vorkommnis aufzuklären!" flötete sie und sah mich kokett an. Ich seufzte und tauchte für einen Augenblick unter. Wenn Balbilla es wußte, dann wußte es das ganze Imperium. Damit war es für mich unmöglich, mich noch diskret umzuhören.

"Ich glaube ja, daß es sein Geschäftspartner war, dieser, wie heißt er doch gleich, dieser Aulus Fortis!" verkündete sie triumphierend.

Ich sah sie zugleich alarmiert und entgeistert an. "Wie kommst du darauf, Herrin?" keuchte ich.

"Dichterische Intuition", entgegnete sie schnippisch, dann wurde sie für einen seltenen Augenblick ernst: "Es sind seine Sesterze gewesen, die Repentinus groß gemacht haben, doch den Ruhm als bester Glashersteller der CCAA, wenn nicht des ganzen Imperiums hat Repentinus ganz allein für sich beansprucht. Wer könnte diese schmähliche Behandlung schon auf Dauer ertragen? Ich jedenfalls nicht!" Sie lachte, tauchte unter und ließ mich verblüfft zurück.

Als ich mich im *Caldarium* genügend durchgeweicht hatte, ließ ich mich massieren, mit duftenden und Erkältungen abweisenden Essenzen bestäuben und kleidete mich dann wieder an. Die ganze Zeit dachte ich über das nach, was Balbilla mir gesagt hatte. Sie war eine Schwätzerin, wie sie die Götter nicht größer hätten erschaffen können – doch was, wenn sie unglücklicherweise recht hatte? Ich mußte mich wohl oder übel mit dem Gedanken anfreunden, den Kreis meiner Hauptverdächtigen um einen ehrenwerten Mann zu erweitern. Gekränktes Ehrgefühl mochte ein ebenso triftiger Grund sein für einen Mord wie übertriebener Geschäftssinn.

GERÜCHTE

Als ich die Thermen verließ, konnte ich nicht gerade behaupten, daß sich bei mir Körper und Geist im Einklang miteinander befanden. Meinem Körper ging es, nach *Caldarium* und diversen Massagen, vergleichsweise passabel, doch in meinem Geist herrschte ein nebliges Durcheinander. Heute morgen hatte ich dank Diatretus' Aussagen geglaubt, den Mörder sozusagen bereits direkt vor der Nase zu haben – ich mußte mich nur noch zwischen den beiden größten Konkurrenten des Repentinus entscheiden. Doch die unsägliche Balbilla brachte mich auf eine dritte Spur. Jetzt kam mir langsam der Verdacht, daß die Zahl der Verdächtigen um so höher wurde, je länger ich mich mit dem Leben des Opfers befaßte. Repentinus schien ein ausgewachsenes Ekel zu sein.

Da ich mit dem Geist nicht weiterkam, beschloß ich, den Vorsprung, den mein Körper in dieser Hinsicht schon hatte, noch auszubauen: Es war Zeit für ein reichliches Mittagsmahl. Ich kannte mich in der CCAA noch nicht gut aus und hatte niemanden, der mir kulinarische Empfehlungen geben konnte, so daß ich durch die Stadt schlenderte und mir mein Urteil nach Augenschein und Geruch bildete. Es gab sehr viele Wirtshäuser in dieser Stadt – wenn man bedenkt, daß hier nur ein paar Tausend Menschen lebten, waren das pro Einwohner mehr als in richtigen, zivilisierten Großstädten wie Rom, Alexandria oder Antiochia. Das lag wahrscheinlich daran, daß dieses deprimierende Wetter pro Jahr deutlich weniger Theater-, Circus- und Gladiatorenspektakel zuließ als in freundlicheren Gefilden, so daß einem gar nichts anderes übrig blieb, als seine Zeit in Gasthäusern zu verbringen.

Ich ging den Cardo Maximus hinunter Richtung Südtor. Hier, unmittelbar neben *Praetorium*, *Ara Ubiorum* und den wichtigsten Tempeln, war die Flaniermeile der Stadt. Die bessergestellten Männer und Frauen aus Traianus' Gefolge belagerten die Wirtshäuser – ein Zeichen für mich, daß es hier zwar gut, aber zu teuer für mich wäre. In den weiter westlich liegenden Parallelstraßen waren die Schenken kleiner, schäbiger, lauter – aus manchen schlug mir ein wahrhaft atemberaubender Gestank entgegen, andere waren mit dienstfreien Legionären belegt. Da Soldaten in ihren Lagern durch ihren grauenhaften Fraß jeglichen Geschmack verloren hatten, war dies ein deutliches Indiz dafür, daß in diesen Spelunken mieses Essen aufgetragen wurde. Zum Ausgleich dafür gab es regelmäßig Schlägereien unter den betrunkenen Legionären. Dies waren die Orte, an denen unserem hochverehrten Feldherren Traianus sein soldatisches Herz aufging und die vernünftige Menschen wie ich lieber weiträumig mieden.

Ich gelangte so bis in die Südwestecke der Stadt, wo das große Doppelheiligtum des Iupiter Dolichenus und das *Augusteum* stand. Im Erdgeschoß des gegenüberliegenden Blocks lag ein Wirtshaus, vor dem eine riesige, an schweren Eisenketten hängende Holztafel leise im feuchten Westwind knarrte. Auf ihr stand: 'Zum hungrigen Iupiter'. Das hörte sich vielversprechend an. Noch vielversprechender war, daß sich hier weit und breit kein Legionär sehen ließ. Am vielversprechendsten aber waren die Bratengerüche, die aus der halbhohen Holztür und den mit schweren Stoffen verhängten, glaslosen Fensteröffnungen drangen. Ich trat ein – und befand mich in einer kulinarischen Version der Schmiede des Vulcanus.

Es war ein halbdunkler, großer, niedriger Raum mit einer holzgetäfelten Decke und weiß verputzten Wänden. Schlichte Tische und Stühle aus Holz und Weidengeflecht standen in so verwirrender Enge umher, daß man sich nur mit den schlängelnden Bewegungen eines gallischen Spähers, der sich durchs dichte Unterholz kämpft, vorwärts bewegen konnte. Am hinteren Ende des Raumes lag die Quelle der angenehmen Hitze und aller Wohlgerüche: Neben einer schmalen hölzernen Theke befand sich eine riesige, gemauerte Feuerstelle. Hier drehten zwei schweißüberströmte Jungen einen eisernen Spieß, an dem – ein ganzes Wildschwein briet.

Der Wirt, ein hünenhafter, kahlköpfiger Germane, schnitt gelegentlich mit einem furchteinflößenden Messer, das sich in seinen Dimensionen mit einem *Gladius* messen konnte, ordentliche Portionen ab, klatschte sie auf einen hölzernen Teller und servierte sie einem hungrigen Gast. Dazu gab es aus Tonkrügen sauren Wein, *Pulsum*, Honigmet oder germanisches Bier. Ein Ort für mich. Zufrieden suchte ich mir einen der wenigen noch freien Plätze und setzte mich. Die meisten Gäste waren Handwerker aus der CCAA oder Bauern aus der Umgebung, die ihre Waren auf dem *Forum* verkauft hatten und sich hier so lange stärkten, bis die Stadt abends für ihre Fuhrwerke wieder geöffnet wurde und sie nach Hause fahren konnten.

Ich saß erst ein paar Augenblicke, als der riesige germanische Wirt auch schon an meinem Tisch stand.

"Ich bin Arminius und freue mich, daß du mein Gast bist, Herr. Was darf ich dir bringen?" Seine Stimme klang wie ein fernes Donnergrollen, doch seine ungewöhnlich kleinen, hellblauen Schweinsäuglein blitzten freundlich.

"Ich hoffe, du bringst mir Römer Besseres, als dein berüchtigter Namensvetter", antwortete ich.

Er lachte dröhnend. "Schlachten sind meine Sache nicht, aber das Schlachten schon", rief er und deutete über die Schulter auf das Wildschwein. Ich nahm an, daß er Bemerkungen wie meine dutzendfach am Tag hörte und sich irgendwann diese geistreiche Entgegnung als Standardantwort zurechtgelegt hatte.

"Wie wäre es mit einem Stück Wildschweinschinken und einem großen Krug Bier?" schlug er vor.

Ich hegte, wie alle echten Römer, ein abgrundtiefes Mißtrauen gegenüber germanischem Bier, so daß ich mich lieber an den Rotwein hielt. Der war abscheulich, aber da wußte ich wenigstens, was ich hatte. Was das Wildschwein anging, so war ich mit Arminius' Vorschlag vollkommen einverstanden. Das Fleisch war in einer dicken Honigschicht gebraten worden; unter dieser Kruste war es rosa und mürbe. Ich konnte nach Belieben mit Salz, Kümmel und Thymian würzen, die in kleinen Tonkrügen auf jedem Tisch standen. Es war herrlich. Die nächste Stunde überließ ich mich ganz dieser speziellen Art von 'fleischlichen Genüssen'.

Als ich meinen Anteil des Wildschweins verzehrt und den Weinkrug geleert hatte, lehnte ich mich zufrieden zurück. Der Geräuschpegel hatte deutlich abgenommen, da es den meisten Gästen so ging wie mir. Wir lächelten uns alle gegenseitig dümmlich an und beschränkten uns darauf zu verdauen. Arminius war der König dieses kulinarischen Reiches und sah zufrieden in die Runde seiner Anhänger. Das Wildschwein war vom Spieß verschwunden, nur ein paar abgenagte Knochen neben der Feuerstelle zeugten noch von seiner Existenz. Die beiden verschwitzten Jungen des Wirtes hatten sich die letzten Stücke gesichert und sahen so zufrieden aus wie Läufer, nachdem sie die Olympischen Spiele gewonnen hatten.

Nach und nach zahlten die hiesigen Handwerker den lächerlichen Betrag, den Arminius für sein Festmahl verlangte, und gingen zurück zu ihren Werkstätten. Die Bauern, die bis zum Abend hier aushalten wollten, bestellten Weinkrüge und holten lederne Würfelbecher hervor, um auszuspielen, wer diesmal die gemeinsame Zeche zu zahlen hatte. Ein paar Männer waren von Wein und Wildschwein bezwungen worden und schnarchten selig. Ich blickte durch die halboffene Tür und sah, daß es wieder angefangen hatte zu regnen – ein sehr guter Grund, mir ebenfalls noch einen Weinkrug zu genehmigen.

"Du bist der erste Mann aus dem Gefolge des Traianus, der den 'Hungrigen Jupiter' beehrt, Herr", sagte der Wirt, als er mir den Wein brachte.

Ich hatte keine Ahnung, woher er das wußte, doch offensichtlich sprachen sich solche Dinge in einer winzigen Stadt wie der CCAA schnell herum – oder wir Menschen aus Rom haben irgend etwas an uns, daß uns bei Provinzlern sofort verdächtig macht. Er war jetzt offensichtlich in der Laune für ein Schwätzchen, und ich war neu hier und außerdem einer der wenigen Gäste, der nicht durch Würfelspiel oder Verdauungsschlaf blockiert war, so daß es ganz natürlich war, daß er sich zu mir gesellte. Mir war das sehr recht.

"Die meisten Männer aus der Begleitung hoher Herrschaften sind komplette Idioten", antwortete ich, "kein Wunder, daß sie so einen herrlichen Platz wie diesen verschmähen."

Er lachte geschmeichelt, dann blickte er mich neugierig an. "Was sagt denn der große Feldherr dazu, daß man auf seinem Fest diesen Repentinus abgemurkst hat?"

Ich verschluckte mich an dem Wein und hustete erbärmlich. Die Geschichte von diesem Verbrechen machte wirklich

schnell die Runde – wahrscheinlich hatte der Provinzklatsch zur Zeit kein anderes Thema, dem er sich zuwenden konnte.
''Traianus ist nicht begeistert'', entgegnete ich vorsichtig.

Arminius lachte. ''Da kenne ich einige in dieser Stadt, die anderer Meinung sind'', rief er. Ich versuchte, unauffällig nachzubohren, doch er erging sich nur in einer Reihe zweideutiger germanischer Flüche. ''Repentinus war nicht gerade beliebt'', meinte er vage, ''außerdem sagen die Leute, daß seine Vergangenheit nicht ganz astrein gewesen sei.'' Er nahm einen tiefen Schluck aus dem Bierkrug, den er sich zu mir mitgenommen hatte. ''Stimmt das, was ich gehört habe? Daß Traianus einen verweichlichten Schreiberling damit beauftragt habe, herauszufinden, wer dieses Ekel in den Hades befördert hat?''
Ich bekam einen neuen Hustenanfall. ''Soll einer seiner Bibliothekare sein'', brachte ich würgend hervor.
Arminius schüttelte verständnislos den Kopf. ''Glas ist ein verdammt hartes Geschäft, fast so brutal wie der Sklavenhandel'', dozierte er. ''Das weiß jeder hier in der CCAA. Wenn du mich fragst, hätte Traianus einen seiner Zenturionen mit der Aufklärung dieses Verbrechens betrauen sollen. Ein paar Legionäre, die alle Sklaven des Repentinus ordentlich durchprügeln – und ich bin überzeugt, sie hätten den Täter gefaßt!''

Ich hätte Arminius zu gerne gefragt, was ihn da so sicher machte, doch wurde er unglücklicherweise in diesem Augenblick an einen anderen Tisch gerufen. Kurz darauf gelang es vier Bauern, ihn zum Würfelspiel zu überreden. Ich seufzte. Das wurde heute nichts mehr. Wahrscheinlich war es nur eines der vielen Vorurteile, die Freigeborene Sklaven gegenüber hegen. Dabei sind die wahren Verhältnisse viel komplizierter. Ich zum Beispiel hatte Sabina, die Nichte unseres teuren Traianus, bei einem nächtlichen Brand in der Villa unserer gemeinsamen 'Freundin' Balbilla Macra vor dem Ersticken gerettet. Dafür hatte mein Herr Hadrianus, der gleichzeitig Sabinas Verlobter war, mich freigelassen. So weit, so gut. Es war so, wie unsere Moralphilosophen das immer hinstellen: Der treu zur *Familia* gehörende Sklave, der sich aufopfert und dafür irgendwann die gerechte Belohnung empfängt.

Tatsächlich aber war Hadrianus alles andere als begeistert über meine Rettungstat. Denn er war mehr schönen Jünglingen zugeneigt als den Frauen. Und von allen Frauen dieser Welt verabscheute er keine mehr als die geschwätzige, kratzbürstige Sabina. Aber die war Traianus' Nichte, der konnte man keinen Korb geben – zumindest, wenn man noch einige Jahre leben wollte. Wäre sie bei diesem Brand auf tragische Weise umgekommen, hätte Hadrianus ein Problem weniger gehabt. Doch da stolperte ich durch Balbillas Villa und vermasselte ihm die letzte Möglichkeit, der Hochzeit noch zu entgehen. Natürlich erwarteten jetzt alle von ihm, Traianus an erster Stelle, daß er den Retter seiner zukünftigen Gattin freiließ, so daß ihm gar nichts anderes übrigblieb. Seit dieser Zeit aber gab es einen mächtigen Mann, der keine Gelegenheit ausließ, mir ohne Traianus' oder Sabinas Wissen eins auszuwischen. Wie zum Beispiel die Ermittlungen in diesem Mordfall. Aber immerhin hatte ich ein wundervolles Gasthaus entdeckt. Ich ließ mehr Asse als nötig (und mehr, als ich mir eigentlich leisten konnte) auf dem Tisch zurück und ging.

Satt und zufrieden schlenderte ich zurück zum 'Haus der Diana'. Als ich dort angekommen war, merkte ich, daß ich dem Wein Tribut zollen mußte und ging auf die Latrine. Ich hob meinen *Sagum* und die Tunika und hockte mich auf eine der acht hölzernen Einfassungen – als auch schon meine Vermieterin hereinstürzte, ihre voluminöse Stola hob und sich aufseufzend genau neben mir niederließ. Ich war fassungslos - zuerst Balbilla Macra in den Thermen, anschließend Iulia Famigerata auf der Latrine. Ihr Götter, was hattet ihr bloß gegen mich!

"Mein lieber Aelius", flötete Iulia Famigerata und schickte einen deutlich vernehmbaren Wind Richtung Unterwelt. Ich schloß die Augen. Es war einfach unerträglich. "Auf dem *Forum* sagt man, daß Traianus über diese ... diese Sache mit Repentinus alles andere als erbaut ist." Sie lachte schadenfroh. "Das kann ich mir denken. Ich hatte auch mal einen Mieter, der ..." Es folgte eine komplizierte Geschichte von Ehebrüchen, Diebstahlsverdachten und nicht pünktlich bezahlten Mieten. Ich nickte mehrmals ergeben und beendete das, weswegen ich eigentlich hergekommen war. In mehr als einer Hinsicht erleichtert erhob ich mich. Meine Vermieterin sprang ebenfalls überraschend behende auf und tat, als würde sie ihre Stola ordnen. In Wirklichkeit war sie vor allem darauf bedacht, ihren massigen Leib zwischen mich und die Tür zu schieben, so daß ich nicht widerstandslos entkommen konnte.

"Der Gewürzhändler auf dem *Forum*, der auch an die Küche des *Praetorium*s verkauft, ist überhaupt der einzige ehrliche Gewürzhändler der Stadt, die anderen sind alle ..." Es folgte eine weitere komplizierte Geschichte über Gewürzhändler, Bauern, Rhein-Fischer und ihre jeweiligen Marktgewohnheiten, während ich versuchte, mich an ihr vorbeizudrücken. "Dieser Gewürzhändler also", sagte Iulia Famigerata, hob bedeutungsvoll ihre Stimme und krallte ihre Hände in meine Tunika, "dieser Gewürzhändler behauptet doch allen Ernstes, daß der große Feldherr keinem Soldaten, sondern einem eingebildeten Schreiberling befohlen hat, den Mörder des Repentinus zu finden." Sie lachte scharf. "Dieses Männlein mag Griechisch sprechen und

Oden vorsingen können, aber ich wette zehn Drachmen, daß es keine Ahnung vom wahren Täter hat!''

Ich verdrehte die Augen. ''Aber der Gewürzhändler weiß es'', antwortete ich gelangweilt, sicher, daß sie die Ironie nicht verstehen würde. Tat sie auch nicht.

''Quatsch!'' rief sie, sah sich dann verschwörerisch in der leeren Latrine um und zog mich näher zu sich heran. Widerstand war zwecklos. ''Der Sklave Salvius war's'', zischte sie bedeutsam. Ich seufzte. Bei Leuten wie Iulia Famigerata waren mißratene Sklaven für Seuchen ebenso verantwortlich wie für Kriege, abscheuliche Verbrechen, steigende Marktpreise, heimliche Zusammenkünfte von Christen oder Anhängern anderer obskurer Kulte oder ausbleibende Schwangerschaften. Sie bemerkte, daß ich nicht die Überraschung oder Neugier zeigte, die sie eigentlich erwartet hatte. Ein taktischer Fehler – denn sie zog mich nur noch näher zu sich heran.

''Ich weiß aus sicherer Quelle, daß ...'' Und jetzt folgte die komplizierte Geschichte mehrerer miteinander befreundeter Sklavinnen, die ihrer jeweiligen Herrin die Haare pflegten. ''Also aus dieser Quelle weiß ich definitiv, daß Marcia Repentina, die so ehrbar erscheinende Frau des bedauernswerten Opfers, es schon seit Jahren mit ihrem Sklaven Salvius treibt!'' flüsterte sie triumphierend.

''Das soll in den besten Familien vorkommen'', versicherte ich ihr treuherzig. Sie starrte mich verblüfft an. Ich nutzte diesen winzigen Augenblick ihrer Unaufmerksamkeit, entwand mich ihrem Griff und verließ überstürzt die Latrine.

Das, was meine werte Vermieterin soeben angedeutet hatte, hatte natürlich nichts mit Glas zu tun. Es war aber eine weitere Möglichkeit. Allerdings drohte jedem Sklaven, der so etwas tat, die Kreuzigung – eine Hinrichtungsart, die für die alles in allem erstaunliche Disziplin der römischen Sklaven verantwortlich ist. Wenn dagegen Marcia selbst ihren Gatten zum letzten Fährmann geschickt hatte, entfiel diese grausame Strafe, stattdessen gab es mildere Hinrichtungsarten, vielleicht sogar nur Verbannung. Eifersucht, Furcht vor Entdeckung und Trennung oder schlichter Überdruß mochten da als Mordmotiv ausreichen. Aber hätte eine Frau die Mordwaffe so sicher führen können wie bei Repentinus' Ermordung?

Es war erst Nachmittag, doch draußen war es schon beinahe dunkel. Die bleigrauen Wolken schienen inzwischen so niedrig zu hängen, daß sie fast die Dächer der Wohnblocks berührten. Der Nieselregen war in den letzten Stunden fast unmerklich in einen richtigen Regenguß übergegangen. Mit einem entnervenden 'Klonk-Klonk' schlugen die schweren Tropfen auf die Dachziegel über den Laubengängen, in der Mitte der Straßen hatten sich kleine Rinnsale gebildet. Alle Fensterläden waren verschlossen, hinter manchen lockte das warme rötliche Licht von Herdfeuern. Es waren nur noch wenige Menschen auf den Straßen.

Ich wußte, daß es zwecklos wäre, mich zu der Villa zu schleichen, in der sich Balbilla und ihr Mann mit ihrem Gefolge einquartiert hatten, denn nach so einem Fest wie den Saturnalien bestand Lubentina auf ein, zwei Tagen Ruhe, selbst mir gegenüber. Also wickelte ich mich eng in mein *Sagum*, einen dicken, wollenen Soldatenmantel, den ich, wie alle aus dem Gefolge des Traianus, zu tragen hatte, und unternahm trotz des schauderhaften Wetters noch einen kleinen Spaziergang, um meine Gedanken zu ordnen.

Ich war noch keine zwei Blocks weit gegangen, als mir die Gestalt auffiel, die scheinbar gelangweilt im Laubengang vor mir wartete. Der Mann – oder war es eine kräftige Frau? – war in eine dunkles Pallium gehüllt, das auch den Kopf bedeckte. Das Gesicht lag im Schatten. Ich hielt meinen Schritt nur ganz kurz an, dann ging ich weiter, damit diese Gestalt mein Zögern nicht bemerken konnte. Niemand steht an einem solchen Regennachmittag freiwillig im feuchten, kalten Wind.

Ich mochte nicht besonders groß und nichts anderes als ein 'Schreiberling' sein – doch ich gehörte auch zum Gefolge des Traianus. Unser Feldherr war ein so überzeugter Soldat, daß er nur Männer mit einem Minimum an militärischer Ausbildung in seiner Umgebung duldete. Also hatte auch ich einst unter einem Ausbilder der VII. Legion, der mich mit den üblichen Schlägen, Tritten und Hohnworten traktierte, mit *Gladius* und Dolch, Wurfspieß und Schild bis zum Umfallen geübt.

Jetzt zog ich unauffällig mit der Rechten meinen Dolch aus dem Gürtel, anschließend tat ich so, als ob ich einen Niesanfall hätte, wobei ich mir den dicken, wollenen Mantel als Schutz um meinen linken Unterarm wickelte. Dann war ich bis auf drei Schritte an der Gestalt heran – und wie ich es befürchtet hatte, hielt auch sie plötzlich einen langen Dolch in der Hand.

Doch es war einfacher, als ich dachte. Die vermummte Gestalt machte einen Ausfallschritt nach vorne und stieß zu, doch ich parierte mit Leichtigkeit. Ich landete einen Treffer am Waffenarm meines Gegners – auch wenn es nicht mehr als ein Kratzer war, weil ich nicht schnell genug war. Doch das reichte. Es gibt nichts Feigeres als einen gedungenen Mörder, den man überrascht. Der Angreifer hatte offensichtlich nicht damit gerechnet, daß ich vorbereitet und ebenfalls bewaffnet war. Er drehte sich um, hetzte in eine Nebenstraße und war nach wenigen Schritten wie ein Spuk im Regen verschwunden. Es wäre nicht nur zwecklos, sondern sogar gefährlich gewesen, ihn verfolgen zu wollen, also beließ ich es dabei, das Feld behauptet zu haben.

Ich ging zum 'Haus der Diana' zurück, schlich mich erfolgreich an Iulia Famigerata vorbei und schloß mich in meiner Wohnung ein. Das Schloß an der dünnen Holztür war, der übrigen bescheidenen Ausstattung meiner Bleibe entsprechend, mickrig, doch es war besser als nichts. Für den Anfänger, der mir eben aufgelauert hatte, würde es allemal reichen – hoffte ich. Erschöpft warf ich mich auf meine Pritsche. Ich hatte Glück, daß diese vermummte Gestalt kein Gladiator gewesen war, denn der hätte mich trotz meines Dolches einfach abgestochen – allein schon aus Ehrgefühl. Es war ziemlich teuer, einen gut ausgebildeten Gladiator als Mörder zu dingen, denn sie verdienten auch in der Arena nicht schlecht, und das auf ehrliche Weise. Also hatte ich entweder einen Stümper vor mir, der die Sache selbst erledigen wollte oder einen jener Taugenichtse, die das Imperium in riesiger Zahl hervorbrachte, die zwar skrupellos genug waren, für ein paar Asse die schlimmsten Frevel zu begehen, aber über so jämmerliche Fähigkeiten verfügten, daß sie mit ihren Vorhaben selten Erfolg hatten.

Mit anderen Worten: jemand mußte mich für einen ziemlichen Trottel gehalten haben – für einen 'Schreiberling', den man ohne Probleme aus dem Weg räumen konnte. Ganz offensichtlich schienen meine Nachforschungen so bescheiden ihre Ergebnisse bis jetzt auch waren, irgend jemandem in der CCAA ganz und gar nicht zu gefallen. Und wer es auch war – er würde es sich beim nächsten Mal sicher nicht mehr so einfach machen wie an diesem Tag. Ich hatte urplötzlich ein sehr persönliches Motiv dafür, den Mörder des Repentinus möglichst schnell zu finden.

Ein toter Informant und ein trauernder Teilhaber

Am nächsten Morgen nieselte es ausnahmsweise einmal nicht – dafür hagelte es. Eiskugeln, groß wie eine Fingerkuppe, schlugen mit rhythmischem, hartem Klang auf die Dachziegel. Dieses Geräusch weckte mich kurz vor Sonnenaufgang. Meine Wohnung war eiskalt. Ich wickelte mich fröstelnd in meine Decke und versuchte, Lärm und Kälte zu ignorieren – natürlich vergeblich. Nachdem ich mich fast eine Stunde lang auf meinem Lager ruhelos hin- und hergeworfen hatte, stand ich auf, zog mir meine dickste Wolltunika an und entfachte ein Feuer in dem kleinen Ofen, der sich neben meinem Lararium befand. Ich erhitzte einen kleinen kupfernen Kessel mit *Pulsum*. Das Zeug schmeckte ekelhaft – eben typischer Legionärsgeschmack –, machte aber wach, wärmte und vertrieb den pelzigen Geschmack, den ich immer nach schlecht verbrachten Nächten im Mund hatte.

Da ich nichts anderes mehr hatte, opferte ich etwas von diesem Essiggesöffs an meine Laren und die Venus (und hoffte inständig, daß die Unsterblichen, die schließlich guten Opferwein gewohnt sind, dies nicht als Frevel auffaßten), dann wartete ich ab, bis der Hagel in einen dichten, aber wenigstens nicht den Schädel weichklopfenden Regen übergegangen war. Ich warf mein dickes *Sagum* über die Schulter und schlich mich vorsichtig die Stiege hinab. Immerhin war es denkbar, daß der Stümper von gestern abend hier im Haus auf mich lauerte. Dank meiner Vorsicht entging ich auch tatsächlich einem Anschlag – allerdings anderer Art. Ich sah gerade noch rechtzeitig, wie Iulia Famigerata minora schlaftrunken die Latrine betrat. Sie war zwölf, die ältere Tochter meiner Vermieterin, ein sanftmütiges, liebes, freundliches, hübsches Mädchen. Leider hatte sie die Klatschsucht von ihrer Mutter geerbt, die sie auf ihre Art pflegte: höflich, aber unerbittlich. Wer ihr in die Hände fiel, wurde mindestens eine halbe Stunde lang mit allen Neuigkeiten über die halbwüchsigen Mädchen dieses Teils der CCAA sowie über gerade angehimmelte hellenische Schauspieler, Gladiatoren und Zenturionen bedacht. Ich hatte Iulia minora eigentlich sehr gern, doch manchmal gelang es mir auch unter größter Anstrengung aller moralischen Kräfte nicht, das Verlangen zu unterdrücken, sie in die nächste dunkle Ecke zu zerren und zu erwürgen.

Ich dankte meinen Laren, daß sie mich heute morgen vor einer Versuchung dieser Art bewahrt hatten und schlich mich leise aus dem 'Haus der Diana'. Ich ging die zwei Blocks herab, bis ich das *Forum* erreichte, das westlich vor dem *Praetorium* lag, nur durch den *Cardo Maximus* von diesem getrennt. Es war ein von einer doppelten Säulenreihe umgebener Platz. An der Westseite stand die Kurie, das Versammlungshaus der Dekurionen, des hiesigen Senats, ein marmorverkleideter Ziegelbau, der in seiner würfelförmigen Schlichtheit allzudeutlich dem berühmten Vorbild am *Forum Romanum* nachempfunden war. Jetzt um diese Zeit war die massive, bronzebeschlagene Holztür verrammelt – kein Wunder, denn Politiker arbeiten nicht gerne (sonst wären sie ja etwas Vernünftiges geworden), schon gar nicht an einem frühen, regnerischen Morgen.

Die südliche Säulenreihe grenzte das *Forum* vom danebenliegenden, riesenhaften Tempelbezirk der *Ara Ubiorum* ab, im Norden stand eine lange, dreischiffige Basilika, eines der höchsten Gebäude der Stadt. An einer der beiden Stirnseiten stand in einer großen Nische eine

Kolossalstatue des jeweils herrschenden Imperators – das heißt, da hätte sie eigentlich stehen sollen. Doch die Bürger der CCAA, seit den Tagen des unseligen Vitellius berüchtigt für ihren mit gewieftem Geschäftsssinn verbundenen Gehorsam, hatten Nervas Vogelkopf bereits von dem in einer prunkvollen Panzerrüstung steckenden muskulösen Marmorkörper abgenommen und ein halbwegs gelungenes Bildnis unseres hochverehrten Traianus daraufgeschraubt. Theoretisch sollten unsere Legionäre kommen und solch eine frevelhafte Stadt wegen Majestätsbeleidigung einfach niederbrennen – doch praktisch war es wahrscheinlich so, daß die CCAA von diesem skandalösen Verhalten profitieren würde, wenn erst eingetreten wäre, was wir alle ebenso sehnlichst, aber heimlicher erhofften.

An schlechten Tagen – also an praktisch allen, seit ich in der CCAA weilte – fand der Markt nicht draußen auf dem *Forum*, sondern hier im Schutz der Basilika statt. Doch zu dieser frühen Stunde waren die verschlafenen Bauern und die Fischer, die ihre Netze im Rhein gespannt und reiche Beute gemacht hatten, unter ihren mit ehemals knallbunten, jetzt zumeist aber ziemlich zerschlissenen Stoffbahnen bedeckten Ständen fast unter sich. Es war vergleichsweise ruhig. Hier, an der Außenseite der Basilika, lagen große öffentliche Latrinen, mein erstes Ziel an diesem Morgen.

Mein nächstes war ein Marktstand unter einer rot-weiß gestreiften Stoffbahn, direkt zu Füßen des kolossalen Traianus-Bildnisses. Hier duftete es verführerisch nach frischem Fladenbrot und warmen Maronen. Ich aß mehr als gewöhnlich. Eigentlich habe ich, wie alle anständigen Römer, eine natürlichen Abscheu vor reichlichen Morgenmahlzeiten, doch ich wollte mich in der Schenke in der Nähe des Nordtores wieder mit Diatretus treffen und mußte deshalb darauf vorbereitet sein, den einen oder anderen

Weinkrug zu leeren, ohne gleich betrunken von der Bank zu sinken.

Ich schlenderte die wenigen Schritte bis zum 'Pfau' hinunter. Ich war gespannt, ob mir der alte Glasbläser wirkliche Neuigkeiten bringen mochte, oder ob er mir nur hinhaltende Geschichten auftischte, um sich kostenlos mit Wein versorgen zu können. Der entnervend aktive Wirt begrüßte mich überschwenglich, als wäre ich sein nach langen Dienstjahren in der Legion endlich aus der Fremde zurückkehrender Bruder. Ich quälte mir ein Lächeln ins Gesicht und stellte im übrigen meine Ohren auf Durchzug, so daß ich von dem Geschwätz des Wirtes zunächst gar nichts mitbekam. Erst als seine strahlende Miene um eine winzige Nuance weniger fröhlich wurde – 'verdüstert' wäre wirklich zuviel gesagt –, wurde ich wieder aufmerksam.

"Dein Freund ist übrigens tot", verkündete er in einem Ton, in dem ich jemandem zu einem gewonnenen Würfelspiel gratulieren würde.

"Welcher Freund?" fragte ich voller böser Vorahnungen.

"Dieser röchelnde Alte!" rief der Wirt und knallte mir ungefragt einen Weinkrug vor die Nase. Er schien mich bereits für einen Gewohnheitstrinker zu halten.

"Diatretus?" wiederholte ich, um ganz sicher zu gehen.

"Genau der", schrie der Wirt begeistert. "Ein paar Sklaven aus den Glashütten waren heute morgen schon hier und haben für einen bescheidenen Begräbnisstein gesammelt. Der Alte ist letzte Nacht in seinem Bett erstickt. War ja keine Überraschung, so, wie der aus dem letzten Loch pfiff!" Der Wirt lachte dröhnend, beinahe hysterisch.

Jetzt hatte ich wirklich einen guten Schluck Wein nötig, auch wenn es dafür eigentlich noch viel zu früh war.

Natürlich könnte das alles ein Zufall sein, nach allem, was ich im wahrsten Sinne des Wortes gestern von Diatretus gehört hatte. Andererseits war es doch wirklich seltsam, daß er ausgerechnet in der Nacht gestorben war, in der jemand einen Anschlag auf mich unternommen hatte. Selbst ein billig zu kaufender Stümper hätte einen Mann wie Diatretus bequem beseitigen können – einfach eine dicke Decke oder einen Mantel auf Mund und Nase des Schlafenden halten und ein paar Augenblicke warten, fertig. Ein Mörder würde nicht einmal Spuren hinterlassen.

Wenn es kein Zufall war, dann hatte Diatretus entweder etwas sehr Wichtiges entdeckt – so wichtig, daß er dafür sofort sterben mußte. Oder er hatte nichts entdeckt, aber irgend jemand war nervös genug, um alle umbringen zu wollen, die im Falle des Calpurnius Repentinus herumforschten. Wie dem auch war – dieser Unbekannte konnte sich jetzt denken, daß mich Diatretus' überraschender Tod noch mißtrauischer machen würde.

Ich verließ den 'Pfau' mit seinem entnervenden Wirt und schwor mir, wenn es irgendwie möglich war, hier nie wieder einzukehren. Da man mit wenigen Schritten die Straße hinunter zur prachtvollen Villa des Aulus Fortis gelangte, beschloß ich, daß der Geldgeber und Geschäftspartner des unglücklichen Repentinus der erste sein sollte, dem ich für heute einen Besuch abstatten würde.

Sein Anwesen lag direkt an der Stadtmauer in der nordöstlichen Ecke der CCAA. Hier hatten sich, wegen der Nähe zum Hafen und den vor der Mauer liegenden Lagerhäusern, viele wohlhabende Kaufleute niedergelassen. Zu dieser Stunde herrschte in diesen Straßen noch die vertrauenerweckende Ruhe gediegenen Reichtums. Gut gekleidete Ianitoren bewachten die Eingänge der diversen Anwesen und hätten jeden laut schreienden Straßenhändler oder jeden Betrunkenen höflich, aber effizient in die lauteren Viertel der Stadt abgedrängt.

Der Eingang zu Fortis' Villa lag an der Straße, die im Schatten der Mauer entlanglief. Das Haus war ein zweistöckiger, außen weiß verputzter Ziegelbau mit einem braunroten Dach – keine Extravaganz, kein Protz. Nur die sehr fein verzierten Bronzebeschläge an dem großen zweiflügeligen Tor ließen ahnen, daß sich hinter diesem zurückhaltenden Äußeren eine nicht zu unterschätzende Eleganz verbarg. Ich stellte mich bei dem Ianitor vor und fragte, ob der Herr des Hauses zu sprechen sei. Zu meiner Überraschung schien dem Sklaven die Tatsache, daß ich im Mordfall Repentinus Nachforschungen anstellte, weniger zu imponieren als meine beiläufige Erwähnung, daß ich Freigelassener des Hadrianus sei.

"Hadrianus, Herr!" rief er, als hätte ich eine magische Formel gesprochen, dann eilten auf sein Klatschen zwei halbwüchsige Sklaven, jeder von ihnen in ein altertümlich-auffälliges kurzes Gewand gekleidet, herbei und geleiteten mich ins Innere.

Durch einen Vorraum gelangte ich ins Peristyl, einen, außer an der Eingangsseite, durch eine Säulenreihe begrenzten Innenhof. Im Sommer – falls es so etwas hier jemals gäbe – würde es sicherlich aus vielen großen Tonkübeln und Blumenampeln verführerisch duften, doch jetzt waren die kunstvoll arrangierten Blumen und Sträucher für den Winter heruntergeschnitten und sahen entsprechend kläglich aus. Am mir gegenüberliegenden Ende des Peristyls stand ein kleines Nymphaeum, ein viereckiges Marmorbecken mit einer kleinen Apsis zum Eingang hin, gekrönt von einem halbhohen, sitzenden Bacchus aus Bronze. Auch dies ein kläglicher Anblick, denn man hatte, wahrscheinlich wegen der Frostgefahr, das Wasser des Springbrunnens abgestellt.

Die beiden Jungen führten mich am trockenen Brunnen vorbei, durch den Säulengang, ins Triklinium. Schwere Vorhänge verschlossen ihn zum Peristyl hin, in jeder Ecke glühten Kohlen in großen schwarzen, gußeisernen Becken – so war es angenehm warm. Der Raum selbst – sicherlich über zwanzig Ellen lang und fünfzehn Ellen breit – wurde von einem riesigen Mosaik beherrscht, das keinen Zweifel an der Funktion dieses Zimmers aufkommen ließ. Ich stand auf der Darstellung einiger Austern; links und rechts von mir, überhaupt überall am äußeren Rand des Bodens, gab es Bilder anderer kulinarischer Genüsse: Stockenten, Fasane, ein Korb mit Kirschen, Becher mit Früchten. Genau in der Mitte des Raumes erkannte ich den Gott Bacchus, wie er sich, ziemlich betrunken, auf einen Satyrn stützte. Der geleerte Weinkelch lag am Boden. In vier- und achteckigen Bildern rings um dieses Zentrum tanzte der bacchische Reigen: Satyrn, die lüstern nach Maenaden greifen, der bocksfüßige Pan mit einem Ziegenbock, ein Satyr auf einem Esel, Amor auf dem Löwen, der Leopard, das heilige Tier des Bacchus. Liegen und kleine Beistelltische standen auf den Rautenmustern zwischen den einzelnen Bildern, so daß kein Möbelstück diese meisterhaften Mosaikdarstellungen verdeckte.

Aulus Fortis schien Mosaike zu lieben – und das nötige Kleingeld für sie zu haben. Ich konnte durch einen halb zurückgeschlagenen Vorhang durch eine Tür in den rechts vom Triklinium liegenden, viel kleineren Raum sehen. Er schien, seiner übrigen Einrichtung nach, wahrscheinlich ein Arbeitszimmer oder eine kleine Privatbibliothek zu sein. Auch hier bedeckte ein schönes Mosaik den Boden: Um das Bild eines großen Widders gruppierten sich allerlei andere Tierdarstellungen.

Der einzige andere Schmuck des Trikliniums war, ebenfalls passend und wahrscheinlich sündhaft teuer, eine äußerst gelungene Marmorkopie der Statue des einschenkenden Satyrs des Praxiteles. Eine ähnlich vollendete Kopie dieses großartigen hellenischen Kunstwerkes hatte ich erst ein einziges Mal zuvor gesehen: in der römischen Villa meines ehemaligen Herren Hadrianus. Und als gleich darauf der Hausherr ins Triklinium trat, wurde mir endgültig klar, daß ich bei meinen Nachforschungen neue Schwierigkeiten bekommen würde.

Aulus Fortis sah ungefähr so aus, wie ich mir als Junge Sophokles oder einen der anderen großen Philosophen immer vorgestellt hatte: Ein vielleicht sechzig Jahre alter würdiger Herr mit mächtigem Körper und schütterem Haupt, auf dessen beeindruckendem Brustkorb ein weißer hellenischer Philosophenvollbart herabwallte. Mir schwante nichts Gutes. In den letzten Jahren war es bei reichen, kultivierten Römern Mode geworden, die griechische Lebensart geradezu bis zum Exzeß zu bewundern. Aulus Fortis sah so aus, als sei er ein Exemplar dieser neuen Spezies – und mein ehemaliger Herr Hadrianus war es unglücklicherweise auch.

''Aelius Cessator!'' rief Fortis freundlich. ''Da du im Auftrag des Traianus kommst, ist es meine Pflicht, dich zu empfangen. Da du aus der *Familia* des Hadrianus stammst, ist es mir auch eine Freude! *'Nur was die Seele mir schmückte, / Was durchs Ohr ich dem Geist schenkte, das hab ich, o Freund.'* Wie der unsterbliche Pindar einst zur Leier sang.''

Ich wußte es. Die beiden Philhellenen hatten sich bereits, wahrscheinlich während der Saturnalien, kennen- und wegen ihrer gemeinsamen Bewunderung alles Griechischen auch schätzen gelernt. Aulus Fortis war somit auf dem besten Wege, ein Freund Hadrianus' zu werden. Mein ehemaliger Herr würde mir von nun an wie eine Furie im

Nacken sitzen, wenn ich es nicht schaffte, den Mörder des Geschäftspartners seines neuen Geistesgenossen ausfindig zu machen.

Ich verneigte mich entsprechend ehrfurchtsvoll und murmelte zur Antwort einen passenden Spruch aus der *Ilias*. Der Vorteil bei Homer ist, daß es bei ihm zu jeder Gelegenheit einen passenden Spruch zu finden gibt – wahrscheinlich ist er deswegen auch bis heute so beliebt. Fortis jedenfalls war erfreut und lud mich mit weit ausholender Geste ein, auf einer der Liegen Platz zu nehmen.

Sklaven, die alle so lächerlich gekleidet waren, als kämen sie soeben aus Athen (und die in diesen albernen griechischen Fummeln erbärmlich froren) brachten uns leichtes Gebäck und einen heißen, mit Honig und Gewürzen vermischten Rotwein – das mit großem Abstand Beste, was ich meiner Kehle bis jetzt in der CCAA hatte gönnen können.

"Edler Rebensaft aus Chios", betonte mein Gastgeber. "In jede Amphore wird ein Becher Meerwasser dazugegeben, das verleiht ihm seine besondere Fülle." Ich nickte zerstreut. Erst, als ich mich gestärkt hatte, fiel mir das Glas auf, in dem man mir diese Köstlichkeit gereicht hatte: ein mittelgroßer Pokal aus feinem grünen Glas, in das man stilisierte Weinranken und einen griechischen Spruch hineingraviert hatte: *'Wenn erst Dionysos mich heimsucht / dann schlummern meine Sorgen.'* Der Anfang eines der Werke des großen griechischen Dichters, Lüstlings und Säufers Anakreon.

Fortis sah, wie ich das Glas anstarrte und nickte gravitätisch.

"Ein Meisterwerk aus unserer Glashütte. Die Glasmischung und die Idee für diese Verzierung stammen von Repentinus. Ich habe den Spruch ausgewählt."

Wir schwiegen beide eine Zeitlang. Dann holte ich tief Luft und fragte geradeheraus: "Würde jemand deswegen Repentinus umbringen?"

Fortis sah mich an, als hätte ich soeben eine Obszönität gesagt. "Gläser sind Kunstwerke!" rief er entrüstet. "Wer bringt einen Künstler um?"

"Ein anderer Künstler", antwortete ich trocken. Er sah mich verständnislos an. Ich versuchte es mit einigen behutsamen Erklärungen über die bittere Konkurrenz der Glashersteller – Kenntnisse, die ich gestern aufgeschnappt hatte. Doch ich mußte sehr schnell feststellen, daß er offensichtlich nicht nur von der Technik der Glasherstellung keine Ahnung hatte.

"Junger Mann", sagte Fortis streng, "ich habe meinen bescheidenen Wohlstand dem Weizenhandel zu verdanken, handle auch jetzt noch damit. Mir gehört ein Teil der Lagerhäuser jenseits der Stadtmauer. Natürlich ist das Geschäft hart, jedes Geschäft ist hart. Wir versuchen, die besten Preise zu bekommen, als erster die neue Ernte zu verkaufen, Verträge mit den Legionen zu ergattern und so weiter. Manchmal verliert man dabei Geld und manchmal gewinnt man, so ist das halt. Aber es ist nicht nur stil-, sondern auch nutzlos, einem anderen Händler dabei nach dem Leben zu trachten, denn selbst wenn er stirbt, so bleibt doch sein Handelshaus bestehen."

Ich fand, daß im großen und ganzen Weizen überall immer gleich Weizen ist, während man das von teuren Gläsern nicht sagen kann, also versuchte ich es auf einem anderen Weg.

"Wer wird den Anteil des Verstorbenen an der Glashütte übernehmen?" fragte ich. "Du?"

Er hob erschrocken die Hände.

"Meine Hälfte reicht mir!" rief er. "Es wird Repentinus' Sohn sein, nehme ich an, vielleicht unterstützt von der Witwe. Ich kenne sein Testament nicht."

Das dachte ich mir. Triumphierend hob ich das feine Glas, so daß sich das Licht einiger Fackeln in ihm brach.

"Und wer wird in Zukunft Meisterwerke dieser Klasse entwerfen?" fragte ich.

Zum ersten Mal sah ich einen Schimmer des Verstehens in Fortis' Augen.

"Vielleicht gibt es dafür speziell ausgebildete Sklaven", sagte er, doch ich hörte eine beginnende Unsicherheit aus seiner Stimme heraus. Offensichtlich hatte Fortis bis jetzt noch gar nicht begriffen, daß mit Repentinus' Tod sein einträglicher Anteil am Glasgeschäft deutlich geschmälert, wenn nicht ganz ruiniert worden war. Mir kam plötzlich der Gedanke, daß man durch den Mord gar nicht das Opfer selbst, sondern Aulus Fortis treffen wollte. Der unglückliche Repentinus wäre dann nicht mehr gewesen als ein Werkzeug oder ein Getreideschiff, das man unbrauchbar macht, um einen mächtigen Händler in der Provinz, der auch noch anfing, engere Kontakte zur Umgebung des künftigen Imperators zu knüpfen, finanziell zu treffen.

In diesem Augenblick trat eine einfach gekleidete Frau ins Triklinium. Daß es aber keine Sklavin war, erkannte ich daran, daß sie wundervoll gearbeitete goldene Ringe und Armreifen trug – und daran, daß Fortis wie ein junger Mann aufsprang und sie umarmte.

"Meine Frau Petronia!" stellte er sie mir freudestrahlend vor. Ich stand ebenfalls auf und verneigte mich leicht, auch wenn mich Fortis in dieser Hinsicht überraschte. Für einen Mann, der so sehr seine Verehrung der griechischen Kultur betonte wie er, war es erstaunlich, daß er eine Frau geheiratet hatte, die Homer, Platon und all die anderen hellenischen Schnösel schlicht als 'Barbarin' abqualifiziert hätten. Petronia war eine vielleicht vierzig Jahre alte Germanin, hochgewachsen, kräftig, mit kantigen Gesichtszügen und straff nach hinten gekämmtem, hellblondem Haar. Ich nahm an, daß sie eine Sklavin gewesen war, die ihr Herr freigelassen und geheiratet hatte. So etwas kam in den Provinzen häufig vor.

Seit ich hier in Germanien war, war es mir unbegreiflich, was ein echter Römer an einer Eingeborenen begehrenswert finden konnte. Die Frauen waren alle zu groß und, wenn sie nicht gleich dick waren, so doch zumindest starkknochig wie ein Ackergaul; ihre Haut war entweder zu blaß oder zu rot, ihre Haare hatten die Farbe von altem Stroh – und sie redeten in einer harten, kratzenden Sprache, die sich nie für ein Liebesgeflüster eignen würde. Kurz: Nach einer häßlichen Germanin drehte ich mich nicht zweimal um. Dachte ich.

Doch hinter Petronia schwebte eine Göttin ins Triklinium. Sie war groß und schlank, ihr offenes Haar sah aus, als bestände es aus weichem Gold, ihre Augen waren so tiefblau wie der winterliche Himmel über Rom, nachdem ihn der Nordwind freigewaschen hat.

"Meine Tochter Galeria!" verkündete Fortis, die Stimme erfüllt von Vaterstolz. Ich mußte mich gewaltsam zwingen, sie nicht mit aufgerissenen Augen und herabhängendem Unterkiefer wie eine Erscheinung anzuglotzen, sondern mich manierlich zu verneigen.

"Willkommen in unserem Haus, Aelius", sagte sie. Ihre Stimme klang zugleich sinnlich und unschuldig, ohne diesen herablassenden Spott, mit dem atemberaubend schöne Römerinnen normalerweise ihre Äußerungen Männern gegenüber zu garnieren pflegten.

Ich schätzte, daß Galeria höchstens zwanzig Jahre alt sein konnte. Unwillkürlich verglich ich sie mit Lubentina. War meine sehr spezielle Gefährtin in ihrem Äußeren und ihrer ganzen Art von verschwenderischer Üppigkeit, so war

Galeria in jeder Hinsicht von vollendeter Form; wo Lubentina Künstlichkeit bis zur Dekadenz versprach, gab es bei Galeria eine natürliche Selbstsicherheit.

''Dieser ganze peinliche Vorfall ist nicht nur traurig für die *Familia* des Repentinus, er ist auch entehrend für meinen Mann und mich'', sagte Petronia und holte mich damit vorübergehend in die Wirklichkeit zurück. ''Schließlich war Aulus im letzten Jahr *Duumvir*'', setzte sie wichtigtuerisch hinzu. Petronia wollte mir damit klarmachen, daß ihr Mann nicht nur ein reicher, sondern, zumindest innerhalb der Grenzen der CCAA, auch ein sehr mächtiger Mann war, denn schließlich bekleidete er das höchste Amt der Stadt. Doch die einzige Schlußfolgerung, die ich zunächst ziehen konnte, war, daß ich versuchte mir einzureden, daß ein kleiner Freigelassener wie ich niemals an die Tochter eines reichen *Duumvir* herankommen würde.

In der nächsten Stunde ergingen wir uns in einer allgemeinen Unterhaltung, doch ich erfuhr nur noch wenig Neues über das Verbrechen. Das lag zum Teil daran, daß Galeria fast nichts sagte, doch mir hin und wieder ein entwaffnend offenes Lächeln schenkte, das mich jedesmal beinahe von meiner Liege warf und meine Konzentrationsfähigkeit deutlich einschränkte. Ihre Mutter war rechthaberisch und bis zur Peinlichkeit statusbewußt – wie viele Sklaven, die es plötzlich zu etwas gebracht haben. Im übrigen blieb Petronia Fortis merkwürdig verschlossen, wann immer das Gespräch auf Repentinus kam.

Ihr Mann interessierte sich für alles, was in Hadrianus' Haushalt vor sich ging und etwas mit griechischer Kultur zu tun hatte. Es war eher so, daß er mich ausfragte als ich ihn. Über seinen langjährigen Geschäftspartner wollte oder konnte (was ich vermutet hatte) er mir nur enttäuschend wenig sagen.

“Wir haben Repentinus selten eingeladen”, unterbrach ihn einmal Petronia, “er war so – nun, er schien die ganze Zeit verbittert zu sein, verrannt in irgendeine Idee. Ein schweigsamer Mann, einer, den man nicht gut in eine Tischrunde eingliedern konnte, ein schwieriger Gast – wenn du verstehst, was ich meine, Aelius.” Aus ihrem Ton ging ganz klar hervor, daß sie felsenfest davon überzeugt war, daß ich nicht verstand, was sie meinte, da Gastmähler dieser Art weit jenseits meines sozialen Standes lagen. Mir war das gleich – der Mutter einer solchen Tochter verzeiht man vieles.

Schließlich fiel mir kein Vorwand mehr ein, der mich noch länger hier im Hause und damit in Galerias Gesellschaft hätte halten können. Ich mußte mich wohl oder übel erheben und verabschieden. Galeria und Petronia verneigten sich leicht und blieben im Triklinium zurück, während Aulus Fortis mir die Ehre erwies, mich bis zum Tor zu begleiten. Ich glaubte nicht, daß er zuvorkommend war, weil ich ihn beeindruckt hatte, sondern daß es ein Zeichen einer gewissen Vorsicht war, die ich in den letzten Wochen immer wieder bemerkt hatte, wann immer ich mit Senatoren, Händlern oder örtlichen Größen zu tun hatte. Als Freigelassener war ich einerseits für sie ein Nichts, andererseits wußte niemand, ob ich nicht doch bei unserem zukünftigen Imperator einen gewissen Einfluß hatte. Also wurde ich meist mit einer seltsamen Mischung aus Herablassung und Höflichkeit behandelt. Bei Aulus Fortis war erstere allerdings, wenn überhaupt, dann nur in Nuancen spürbar.

Nach diesem in mehrfacher Hinsicht verwirrenden Besuch überquerte ich die Straße, stieg eine steile Holzleiter bis zum Zinnenkranz der Stadtmauer hoch und blickte auf den Rhein. Der Strom war von dem vielen Regen mächtig angeschwollen. Am gegenüberliegenden Ufer hatte er die

Wiesen überflutet und war bis in den dichten Wald eingedrungen, der sich von hier aus, der Grenze der Zivilisation, bis zum Ende der Welt erstreckte. Es war so viel Erde im Fluß, daß der Rhein braun war wie schlecht gegerbtes Leder. Hier oben auf der Mauer wehte ein so scharfer Wind, daß mich der mürrische Legionär, der in diesem Abschnitt Wache stand, nur wie einen Geistesgestörten ansah, weil ich mich freiwillig hier hinstellte. Doch ich brauchte frische Luft, um meinen Geist zu ordnen. Es gab da einige neue, unbestreitbare Fakten:

Erstens. Fortis hatte von der Glasherstellung offensichtlich keine Ahnung. Ein Anschlag gegen Repentinus könnte also vielleicht gar ein versteckter Angriff gegen ihn gewesen sein.

Zweitens. Fortis handelte mit Getreide, betrieb darüber hinaus möglicherweise noch einige weitere Geschäfte und mischte auch in der lokalen Politik kräftig mit, so daß Repentinus' Ende ihn zwar schädigte, aber sicher nicht ruinierte. Das entwertete zwar in gewisser Weise Schlußfolgerung Nummer Eins, machte es allerdings ziemlich unwahrscheinlich, daß Fortis aus gekränkter Eitelkeit selbst zum Mörder geworden war. Warum sollte ein Mann, der viele Geschäfte diskret lenkte und es schon bis zum *Duumvir* gebracht hatte, ausgerechnet bei einem einzigen Geschäft aus verletztem Geltungsbedürfnis so unvernünftig handeln?

Drittens. Fortis hatte seinen Ehrgeiz jetzt offensichtlich auf das alte Griechenland geworfen. Dies allerdings erst seit kurzer Zeit, denn einem Mann, der sich wirklich intensiv damit befaßt hätte, wäre der Lapsus nicht unterlaufen, die Zeilen *'Nur was die Seele mir schmückte, / Was durchs Ohr ich dem Geist schenkte, das hab ich, o Freund.'*, mit denen er mich begrüßt hatte, dem 'unsterblichen Pindar' zuzuschreiben. Sie stammten nämlich tatsächlich von Kallimachos, einem sehr viel kleineren Licht am lyrischen Himmel.

Viertens. Das mit den 'häßlichen Germaninnen' war ein kolossaler Irrtum, denn ...

Fünftens. Ich war bis über beide Ohren verliebt in Galeria Fortis.

Die trauernde Familia

Nachdem ich mich auf dem zugigen Platz hoch oben auf der Stadtmauer so weit abgekühlt hatte, daß mein Geist wieder einigermaßen klar war, machte ich mich an den Abstieg – gerade noch rechtzeitig. Der griesgrämige Legionär wurde nämlich in diesem Augenblick abgelöst. Ich sah, wie er mit dem neuen Soldaten, der auch nicht viel fröhlicher aussah als er, zusammenstand, flüsterte und dabei in meine Richtung deutete. Vielleicht vermutete er, daß ich barbarischen, mordlüsternen Germanenstämmen jenseits des Rheins versteckte Zeichen gab, um sie zu einem Überfall auf die CCAA zu ermutigen. Eigentlich keine schlechte Idee. Doch ich hatte keine Lust, mich mit ruppigen Legionären anzulegen (oder noch länger hier auszuharren und mir einen Schnupfen zu holen), also verzog ich mich.

Auch die Villa des Repentinus lag im Schatten der Stadtmauer, an einer Querstraße westlich des *Cardo Maximus*. Offensichtlich wollte Repentinus seinen Glashütten so nah wie möglich sein, wagte es aber nicht, sich ein Anwesen auf freiem Feld, außerhalb der schützenden Stadtmauer zuzulegen. Ein älterer, mürrischer Ianitor ließ mich ein. Vor dem Altar der Laren im Vestibül lagen auffällig viele, auffällig wertvolle Opfergaben: Wein in einer flachen silbernen Schale, ein kunstvoll gebundener Strauß aus Kornblumen (wo konnte man um diese Jahreszeit so etwas kaufen?), ein Denar. Die Götterstatuen – zumindest die, die ich sehen konnte – waren mit dunklen Tüchern verhüllt. Es war ein Haus in Trauer. Irgendwo hier in einem dieser Räume mußte Calpurnius Repentinus aufgebahrt liegen, bewacht und beklagt von eigens dazu abgestellten Sklaven, vielleicht zusätzlich auch von einigen engen Angehörigen. Sollten seine Frau oder sein Sohn dazugehören, wäre es eine delikate Aufgabe, sie aus dem Trauerzimmer zu geleiten und anschließend über den Mord zu befragen.

Ein Sklave führte mich durch das Peristyl, in dessen Mitte ein überdimensionierter, marmorverkleideter Brunnen aufragte, am Triklinium vorbei (in dem sich viele Trauernde eingefunden hatten, Freunde, Kunden, Sklaven des Repentinus, vermutete ich) in ein Arbeitszimmer. Es war ein kleiner Raum, der sein Licht durch ein Fenster erhielt, das auf den hinter der Villa liegenden ummauerten Garten wies. Der Boden bestand aus einem schwarz-weißen Mosaik aus Rautenbändern und stilisierten Blüten. Die Wand links von der Fensterfront verschwand hinter einem hohen Holzregal, auf dem in peinlicher Ordnung Dutzende von Schriftrollen und Wachstäfelchen lagen – Verträge, Rechnungen und Quittungen, wie ich durch einen schnellen Blick feststellte, schriftliche Zeugnisse eines florierenden Geschäfts.

Die Wand gegenüber war prachtvoll bemalt. Gelbe Bänder grenzten sie von der Decke, dem Boden und den anderen Wänden ab, zwei aufgemalte Säulen teilten sie in drei Felder. Der Künstler hatte sich große Mühe gegeben, es so aussehen zu lassen, als seien sie mit verschiedenfarbigen Marmorplatten ausgelegt, in die man kleine Tafelbilder gesetzt hatte. Das mittlere zeigte Fortuna und Herkules. Die Schicksalsgöttin war in ein leuchtend violettes Gewand gehüllt, über ihrer Schulter hing ein grün-gelber Mantel, in ihren Händen hielt sie Rad, Füllhorn und Szepter. Herkules war nackt, bis auf das Fell des von ihm erschlagenen Löwen, das er über dem linken Arm trug. Bewaffnet war er mit Bogen und Keule. Im linken Bild erschlug Theseus den Minotaurus, im rechten befestigte Dädalus die Flügel an seinem Sohn Ikarus.

Diese Wandmalerei war ein teures Meisterwerk, das, dem frischen Zustand der leuchtenden Farben nach zu urteilen, erst vor kurzem vollendet worden war. Ich fand es rätselhaft. Die Bilder zu beiden Seiten hatten etwas miteinander zu tun, schließlich hatte Dädalus das Labyrinth entworfen, in dem der Minotaurus gefangengehalten wurde, den Theseus schließlich erschlug. Rache, Kampf und Flucht waren die beherrschenden Motive und hinzu kamen bei Dädalus dessen gewitzter, unerschöpflicher Erfindungsreichtum – was Repentinus möglicherweise besonders imponiert hatte. Das Mittelbild dagegen paßte nicht dazu – Fortuna und Herkules in einer Darstellung waren typisch für einen Legionär. Vielleicht hatte der Hausherr den Konkurrenzkampf der großen Glashersteller mit den Schlachten der Legionen verglichen und sah sich selbst als Feldherren in einem unerbittlichen Krieg um Rezepte, Schleiftechniken, feinen Sand und begabte Sklaven. Wenn dies der Fall war, dann hatte Calpurnius Repentinus diesen Krieg verloren.

Auch sonst war einiges merkwürdig in seinem Haus. Die offiziellen Insignien des Totengedenkens waren allgegenwärtig, doch nirgendwo spürte ich echte Trauer. Die Gesellschaft im Triklinium war zwar nicht gerade ausgelassen, doch unterhielt man sich dort so laut, daß ihre Gespräche bis in meinen Raum drangen. Es ging um belanglose Dinge. Die Sklaven huschten nicht wie verängstige Gespenster durch das Haus, sondern bewegten sich mit der stoischen Ruhe erfahrener Diener. Bis jetzt war mir noch niemand begegnet, der über den Tod des Herrn bedrückt gewesen zu sein schien – im Gegenteil. Ich hatte den Eindruck, als wäre die ganze *Familia* erleichtert, ihren Herren losgeworden zu sein.

"Entschuldige, Herr, daß wir dich warten lassen müssen." Ich fuhr zusammen. Ich war so in Gedanken versunken, daß ich nicht gemerkt hatte, wie jemand in den Raum getreten war. Es war ein einfach gekleideter Mann, mittelgroß, feingliedrig, dunkelhaarig und mit einem Gesicht, in das sich ein unbestimmter melancholischer Ausdruck auf ewig festgesetzt zu haben schien. Er mußte ungefähr vierzig Jahre alt sein.

"Ich bin Salvius, der Verwalter dieser Villa. Meine Herrin wacht noch neben ihrem verstorbenen Gatten, doch ich möchte dir ausrichten, daß sie dich in wenigen Augenblikken empfangen wird. Wünschst du bis dahin eine Erfrischung? Es wäre uns eine Ehre, dir aufzutragen, was immer dir beliebt."

Ich verneinte höflich, setzte mich auf einen Schemel und sah den Sklaven neugierig an. Ich hatte noch nie einen Sklaven getroffen, der sich so gewählt ausdrückte wie Salvius. Er war in gewisser Hinsicht der Herr des Hauses – der oberste der Sklaven des Repentinus, derjenige, der die Einkäufe, die Gartenpflege, notwendige Reparaturen am Haus organisiert, die Bücher einsieht und oft auch über Kauf und Verkauf neuer Sklaven entscheidet. Männer wie er hatten nach dem Gesetz keinen anderen Status als andere Sklaven auch, waren so rechtlos wie Pferde, Ochsenkarren, Weingläser oder Amphoren, doch de facto hatten sie oft viel mehr Macht als die meisten der freigeborenen, aber armen Bürger – oder als Freigelassene wie ich. Und außerdem war Salvius, wenn es stimmte, was mir meine unerträgliche Vermieterin auf der Latrine zugeflüstert hatte, der Liebhaber von Repentinus' Frau.

Ich starrte gedankenverloren auf seine Hände. Sie waren so schmal und fast feminin zart, daß es unglaublich schien, daß sie jemals auch nur einen *Gladius* berührt hatten, geschweige denn, ihn zu führen verstanden. Er bemerkte meinen Blick und erriet meine Gedanken.

“Ich war es nicht, Herr”, sagte er ruhig. Wenn überhaupt Gefühle in diesem Satz mitschwangen, dann war es wehmütige Trauer – die erste echte in diesem Haus.

Beschämt sah ich aus dem Fenster. “Der ehrwürdige Traianus hat mich mit den Nachforschungen über die Todesumstände deines Herren beauftragt”, sagte ich lahm, “deshalb sind für mich erst einmal alle Menschen verdächtig.” Ich versuchte, ein aufmunterndes Lächeln zustande zu bringen, was mir aber nicht ganz gelang. “Aber ich gehöre, bei allen Göttern, ganz bestimmt nicht zu den Leuten, die von vornherein Sklaven für alle Verbrechen dieser Welt verantwortlich machen.”

Er nickte verständnisvoll und wollte offensichtlich etwas sagen, doch in diesem Augenblick trat die Herrin des Hauses in den Raum. Marcia Repentina hätte jedem Bildhauer als Modell für eine typische römische Matrone dienen können: Sie war groß und schwarzhaarig und wirkte ungeheuer voluminös, allerdings nicht, weil sie Fettpolster gehabt hätte, sondern weil ihre gewaltigen Brüste ihre aus feinster Wolle gearbeitete Stola zu imposanten Formen aufbauschten. Sie sah müde aus, wahrscheinlich, weil sie die ganze Nacht am Totenbett gewacht hatte. Doch ihr Gehabe, ihre Bewegungen, ihre Stimme waren voll einschüchternder Energie und Zielstrebigkeit.

“Man hat mir bereits berichtet, daß der verehrungswürdige Konsul beschlossen hat, den Tod meines Gatten untersuchen zu lassen. Ich habe dich schon erwartet”, sagte sie resolut und so, als erwartete sie von mir, daß ich ihr nun wichtige Dinge mitzuteilen hätte – keine gute Ausgangsposition für mich, der ich eigentlich von ihr informative Mitteilungen erhoffte.

''Es tut mir leid, daß ich dich belästigen muß'', begann ich vorsichtig. ''Ich respektiere deine Trauer'' – eine Lüge, denn Marcia Repentina war von echter Trauer so meilenweit entfernt wie dieses elende Nest CCAA von einer richtigen Stadt – ''und hoffe, daß die Götter mir verzeihen werden, wenn ich dir trotzdem einige Fragen stellen muß.''

''Nur zu!'' rief sie, war aber offensichtlich bereits enttäuscht von mir, weil ich ihr noch nicht den Mörder präsentieren konnte. Ich zögerte kurz. Es wäre taktlos und hätte wahrscheinlich auch nichts gebracht, wenn ich meine Nachforschungen mit ihrem Verhältnis zu Salvius begonnen hätte. Also beschloß ich, erst mal im halbwegs sicheren Fahrwasser zu bleiben.

''Hat dein Mann in den letzten Wochen vor seiner Ermordung vielleicht eine neue Glas-Rezeptur entdeckt?'' fragte ich. ''Oder etwas anderes, das seine Gläser noch wertvoller gemacht hätte?''

''Glas!'' fuhr Marcia Repentina auf, als hätte ich sie mit einer heißen Nadel gestochen, ''Glas, Glas! Zwanzig Jahre lang war ich mit Calpurnius verheiratet, und zwanzig Jahre ging es um nichts anderes als Glas! Er war besessen davon. Endlich schien er ein wenig zur Ruhe gekommen zu sein – und jetzt fängst du wieder damit an! Nein, die letzten Wochen vor seinem Tod waren die einzigen in seinem Leben, soweit ich dies begleitet habe, in denen er sich ausnahmsweise nicht mit Rezepten oder Schleiftechniken befaßt hatte.''

Ich starrte sie an. Das hatte ich nicht erwartet. ''Was tat er stattdessen?'' fragte ich etwas ratlos.

''Er fing endlich an, wie ein erfolgreicher Händler und echter römischer Bürger zu leben!'' rief Marcia Repentina so pathetisch, daß ich eine Ahnung davon bekam, wie sehr sie der fanatischen Beschäftigung ihres Mannes mit Glas überdrüssig gewesen sein mußte.

"Ich meine, er war so erfolgreich, daß er nicht mehr jede Stunde des Tages in seiner Werkstatt oder bei den Quarzsandgruben verbringen mußte, doch er tat es trotzdem. Erst vor wenigen Monaten schien er zu merken, daß das Leben auch noch aus anderen Dingen besteht als aus Glas. Er fing wenigstens an, regelmäßig in die Thermen zu gehen. Ich kann nicht behaupten, daß er dadurch wieder ein fröhlicher Mann geworden wäre, im Gegenteil, er schien mir", sie zögerte kurz, "in gewisser Hinsicht noch schwieriger geworden zu sein. Aber wenn er nur lange genug unter Leuten gewesen wäre, wenn er die Bäder genossen hätte, die Massagen, dann hätte er sich früher oder später vielleicht doch entspannt."

Ich räusperte mich, um Marcia Repentina deutlich zu zeigen, daß mir meine nächste Frage wegen ihrer Indiskretion peinlich war, ich aber nicht umhin konnte, sie trotzdem zu stellen.

"Herrin, was meinst du damit, daß dein Mann 'noch schwieriger' geworden sei?" Zu meiner Erleichterung fuhr sie mich nicht an, sondern lachte sogar.

"Calpurnius war ein verschlossener Mann", antwortete sie. "Er redete wenig über das, was er den Tag über so machte, über sein Leben, über seine Gedanken. Das Glas, verstehst du? Er hatte ständig Angst, daß jemand eines seiner geheimen Rezepte stehlen würde, oder, und ich glaube, das war für ihn eine noch schlimmere Vorstellung, daß er sich verplappern und so unfreiwillig selbst ein Geheimnis preisgeben würde. Über die Jahre prägte diese ständige Geheimniskrämerei sein Leben, er konnte gar nicht mehr anders – schließlich machte er selbst um eine so simple Sache wie einen Besuch der Thermen ein geheimnisvolles Gehabe, als wenn er wie ein Kundschafter in heimlicher Mission den Rhein überqueren müßte!"

Salvius sah so aus, als wolle er etwas sagen, wage es aber in Gegenwart seiner Herrin nicht. Und auch ich hielt es für klüger, ihn vor Marcia Repentina nicht zu befragen. Vielleicht würde sich später eine Gelegenheit dafür ergeben. In diesem Augenblick hörten wir alle ein Poltern irgendwo im Säulengang, der rund um das Peristyl führte, gleich darauf wurden wir Zeugen eines grotesken Auftritts.

Ein junger Mann stolperte in den Raum. Er hatte sich offensichtlich eilig eine lange weiße Stoffbahn in wirren Windungen um den Körper geschlungen, wobei es mir nicht möglich war zu erkennen, ob es sich um eine falsch gebundene Toga oder ein zweckentfremdetes Bettuch handelte. Seine Schuhe waren aus fein gegerbtem, mit Goldfäden durchwirktem Leder, allerdings trug er den linken am rechten Fuß und den rechten am linken. Der Mann war schlank, doch war sein Gesicht vom ständigen übermäßigen Weingenuß bereits aufgedunsen. Seine dichten schwarzen Haare standen wirr vom Kopf, durch das Weiße seiner verquollenen Augen zogen sich viele aufgeplatzte kleine, rote Äderchen. Sein von dem konfusen Gewand nur unvollständig bedeckter Körper zeigte eine Reihe roter und blauer Flecken sowie deutliche Spermaspuren. Er stank, als käme er gerade aus einem Bordell.

In der linken Hand hielt er eine kostbare, mindestens eine Elle hohe, gläserne, mit bacchischen Reliefs verzierte Zweihenkelkanne, die noch zu einem knappen Viertel mit Rotwein gefüllt war; in der rechten hielt er die Hand eines betrunkenen, dümmlich lächelnden, blonden, splitternackten Knaben, der, den Spuren an seinem Körper nach zu urteilen, bis eben noch mit ihm im Bett gelegen haben mußte.

"Mein Sohn Calpurnius!" rief Marcia Repentina. Ihre Stimme war voller Mutterstolz. Empörung über diesen entwürdigenden Aufzug oder zumindest Verwunderung konnte ich nicht heraushören – ich vermutete, daß sie solche Auftritte so oft zu sehen bekam, daß sie sie für normal hielt. Diatretus schien recht zu haben: Diese Jammergestalt war wohl kaum in der Lage, es bis zum erfolgreichsten Glashersteller des Imperiums zu bringen.

Calpurnius Repentinus der Jüngere schwankte zum Wandregal und wühlte mit der Linken fahrig in den Schriftrollen, ohne dabei die kostbare Glasamphore abzusetzen. Ein paar Tropfen Rotwein spritzten auf einige Papyri und sahen aus wie Blut. Er brummte etwas Unverständliches, drehte sich um und richtete mit erheblicher Anstrengung seine entzündeten Augen zuerst auf mich, dann auf seine Mutter.

"Wer ist das?" krächzte er schließlich, an ihre Adresse gerichtet, heraus.

"Ich bin Aelius Cessator", sagte ich schnell und lauter als notwendig. "Ich bin hier, weil Traianus mir befohlen hat, den Mörder deines Vaters zu finden."

"So, so", lallte er, "will er ihn belohnen?" Er lachte scheppernd, setzte die Glasamphore überraschend gekonnt an, nahm einen tiefen Schluck und rülpste.

"Der Mörder des Alten hat es verdient, daß man ihn zum Senator macht, mindestens!" Er taumelte, seinen Lustknaben im Schlepptau, wieder aus dem Raum, ohne weiter auf uns zu achten.

Ich starrte ihm entgeistert nach.

"Sein Vater und er verstanden sich nicht sehr gut", sagte Marcia Repentina entschuldigend.

"Das merkt man", entgegnete ich.

"Mein Gatte hat sich mehr mit seinem Glas beschäftigt, als mit seinem Sohn", erklärte sie, und dabei lag zum ersten Mal so etwas wie Bitterkeit in ihrer resoluten Stimme.

''Nun, da er der Herr im Hause ist, wird er sich vielleicht mehr um die Belange der *Familia* kümmern und verantwortunsvoller werden'', warf Salvius ein. Vielleicht war ich ja durch meine Nachforschungen schon allzu hellhörig oder durch die Aura von Repentinus' krankhaftem Mißtrauen bereits angesteckt worden – ich hatte auf jeden Fall den Eindruck, daß auch in Salvius' konzilianten Worten ein bitterer Unterton mitschwang.

Ich hoffte, daß der Verstorbene wenigstens sein Vermögen klug angelegt hatte, denn sonst würde diese *Familia* so sicher dem Untergang entgegensegeln wie eine Galeere, die sich zu nahe an die Charybdis heranwagt. Frauen haben es, sofern sie nicht gerade zur kaiserlichen *Familia* gehören, im Römischen Imperium grundsätzlich schwer, wenn sie im öffentlichen Leben etwas erreichen wollen. Und Marcia Repentina mochte ihre Qualitäten haben – aber ihr Mann schien sie nicht in die Geheimnisse der Glasherstellung eingeweiht zu haben, noch in sonst ein Geheimnis, das er vielleicht gehabt haben könnte. Ich bezweifelte, ob sie überhaupt wußte, wieviel genau ihr Mann hinterlassen hatte. Und Calpurnius Repentinus der Jüngere war eine Null, jemand, dessen einzige Lebensaufgabe darin bestand, das Vermögen seines Vaters zu verprassen. Bedauerlicherweise würde er damit wahrscheinlich Erfolg haben.

Ich murmelte noch einige allgemeine Floskeln, die hauptsächlich dazu dienen sollten, Marcia Repentina nicht weiter zu beunruhigen, dann erhob ich mich und verließ dieses Haus. Als ich durch das verwaiste Peristyl ging, auf dessen prachtvollem, mit Marmorplatten ausgelegtem Boden schmutziges Laub lag, war ich davon überzeugt, daß hier in einigen Jahren andere wohnen würden. Die *Familia* des Calpurnius Repentinus war verloren. Sie würde aus diesem Anwesen gedrängt werden und sich in der CCAA, einer der unzähligen anderen Städte oder in Rom selbst eine neue, elende Behausung suchen, sie würde ein winziger Teil jener viele Millionen starken Armee freier, aber mittelloser Menschen werden, die keinen anderen Besitz haben als das römische Bürgerrecht; sie würde sich auflösen wie ein Tropfen im Meer.

Als ich das Vestibül erreicht hatte, hörte ich hinter mir eilige Schritte: Salvius. Er huschte wie ein Verschwörer durch den Säulengang.

"Einen Augenblick noch, Herr", flüsterte er und zog mich in die Nische neben einer großen Marmorstatue. Ich blickte an ihr hoch und erkannte, daß es ein Porträt des verstorbenen Hausherren war, Calpurnius Repentinus in der Toga, den rechten Arm zur Rednerpose erhoben. Absicht oder schlichte Vergeßlichkeit – seine Statue war die einzige, deren Haupt man nicht verhüllt hatte.

"Ich nehme an, daß du von dem", Salvius zögerte, atmete tief durch und brachte dann heraus: "besonderen Verhältnis zwischen meiner Herrin und mir gehört hast." Ich nickte nur. Der Verwalter seufzte. "In einer kleinen Stadt wie der CCAA bleibt nichts geheim", sagte er resigniert.

"Wenn das so wäre, dann wüßte ich schon, wer deinen Herren ermordet hat", entgegnete ich süffisant.

Er verzog das Gesicht. "Du solltest wissen, daß es nur noch wenige Tage sind bis zu den Nonen des Februar. An diesem Datum vor genau zwanzig Jahren kam ich in das Haus des Repentinus – und genau an diesem Tag wollte er mich freilassen. Er hat es mir erst letzte Woche noch einmal gesagt."

"Existiert darüber ein Dokument?" fragte ich. Er schüttelte betrübt den Kopf.

"Dann gehörst du jetzt, wie alles in diesem Haus, seinem Sohn, nehme ich an." Diesmal nickte er.

''Und dieser versoffene Päderast denkt gar nicht daran, das Versprechen seines Vaters einzuhalten'', schloß ich. Salvius bemühte sich, Haltung zu bewahren und eine stoische Miene zur Schau zu stellen, doch ich sah, daß ich richtig geraten hatte. Dann nahm er sich zusammen.

''Es wird uns eine Freude sein, dich in unserem Haus Willkommen zu heißen, wann immer die Götter deine Wege hierhin führen mögen'', sagte er so laut, daß ihn der Ianitor hören konnte. Leiser setzte er hinzu: ''Und ich werde dem Mars Ultor einen Widder opfern, auf daß du den Mörder meines Herren finden mögest!''

Ich verließ die Villa und ging langsam zum Cardo Maximus zurück. Ausnahmsweise regnete es einmal nicht. Wenn es stimmte, was Salvius mir gerade erzählt hatte, dann hatte ihm der Mörder des Repentinus wissentlich oder unwissentlich den einzigen Weg verbaut, der für ihn jemals zur Freiheit geführt hätte. Ein Herr wie der jüngere Repentinus ließ höchstens einmal einen Lustknaben frei, Sklaven wie Salvius würde er früher oder später aus Geldnot billig verkaufen – wenn er sie nicht beim Würfelspiel oder bei Wetten im Circus an einen Saufkumpanen verlor. Salvius hätte deshalb seinen Herren niemals so kurz vor seiner Freilassung umgebracht – vorausgesetzt natürlich, dies war nicht eine gut erfundene Geschichte, die mein Mißtrauen zerstreuen sollte. Schließlich gab es darüber keine Dokumente.

Marcia Repentina dagegen hatte vorläufig keinen Grund zur Klage – falls der Tote ihr ein bescheidenes Vermögen hinterlassen hatte, auf das ihr verschwendungssüchtiger Sohn keinen Anspruch hatte. (Was ich, bei einem so mißtrauischen Mann wie Repentinus, vermutete, aber natürlich nicht wußte.) In diesem Fall wäre sie ihren 'schwierigen' Gatten, den sie zwanzig Jahre lang erduldet hatte, los – und zwar passenderweise genau vor dem Zeitpunkt, an dem er ihrem Liebhaber die Freiheit gegeben hätte. Auch ein Freigelassener untersteht, wie ich aus eigener leidvoller Erfahrung mit Hadrianus weiß, noch immer in gewisser Weise der Autorität seines früheren Herren, doch kann man im großen und ganzen trotzdem einigermaßen frei über sein eigenes Leben verfügen. Was wäre, wenn Salvius sich von Marcia Repentina trennen wollte? Freigelassene haben, anders als Sklaven, das Recht auf eine offiziell angetraute Frau, auf eigene Kinder – Vorteile, die ihm mit Marcia Repentina nie vergönnt gewesen wären. So aber, als Sklave ihres Sohnes, blieb er für immer an sie gekettet, vielleicht mehr noch als zuvor, da er der Besitz ihres Mannes gewesen war. Denn nur sie könnte ihn jetzt noch vor Willküraktionen des jüngeren Repentinus schützen.

Und Calpurnius Repentinus der Jüngere? Er besaß, wovon viele prassende Nichtsnutze träumen: eine reiche Erbschaft in jungen Jahren. Aber war dieser Knaben und den Wein liebende Schwächling überhaupt fähig, einen *Gladius* so zu führen, wie der Mörder seines Vaters es getan hatte? Und war er überhaupt nüchtern genug, um meine ersten zaghaften Nachforschungen so genau zu verfolgen, daß er mir schon nach wenigen Stunden einen gedungenen Mörder auf den Hals hetzten konnte?

KONKURRENTEN

Der nächste Verdächtige, den ich besuchte, wohnte in einer Villa an der Straße nach Gallien, der Verlängerung des Decumanus Maximus, unmittelbar jenseits des Westtores. Eine doppelt mannshohe, unverputzte Ziegelmauer schirmte sein Anwesen ab, so daß es von außen wie eine kleine Festung wirkte. Ganz anders aber war der Eindruck, den ich bekam, nachdem es mir endlich gelungen war, den stiernackigen Ianitor und einen angeketteten Molosserhund von meiner Harmlosigkeit zu überzeugen. Hinter der Mauer lag ein großer, peinlich gepflegter Garten, der bis zu einem veritablen Palast reichte. Säulengänge liefen außen um das Haus, den Eingang bildete ein überdimensionierter Portikus. Seinen gewaltigen marmornen Architrav schmückte eine Inschrift aus bronzenen Lettern gleich denen an kaiserlichen Tempeln: 'GAIUS AIACIUS MANGO FECIT' - 'Gaius Aiacius Mango hat dies geschaffen!'

Die Villa strotzte auch sonst vor erlesener Geschmacklosigkeit. Götter-, Kaiser- und Heroenstatuen aus Marmor und Bronze standen in jeder Nische, in jeder Ecke, in jedem Flur, mitten in den Räumen – es wirkte fast wie in dem Lagerraum eines ungemein produktiven Bildhauers, eines zweitklassigen allerdings. Denn die Statuen waren allesamt wenig gelungene römische Kopien griechischer Meisterwerke, die sich vor allem dadurch auszeichneten, daß sie deutlich größer waren als die jeweiligen Originale. Sie waren offensichtlich nach dem Motto 'Je größer, desto besser!' zusammengekauft worden.

Ich spürte, wie meine Eingeweide sich vor Nervosität zusammenzogen. Welcher ehemalige Sklave besucht schon gerne einen Sklavenhändler? Ich selbst bin als Sklave geboren worden, doch im Alter von zehn Jahren wurde ich von meinem damaligen Herren zusammen mit einigen weiteren Sklavenkindern an einen Händler verkauft, der uns per Schiff nach Iberien verfrachtete, wo wir in der Colonia Italica versteigert wurden. Es war der Verwalter der *Familia* des Hadrianus, der mich dort erstand, weil er einen neuen Archivar, Schreiber und Botenjungen brauchte. So war mein Schicksal, verglichen mit dem vieler anderer Sklaven, gar nicht einmal so ungnädig mit mir gewesen, doch die wenigen Wochen im Besitz des skrupellosen Händlers hatten mich gelehrt, Männer wie ihn für alle Zeiten zu hassen und zu fürchten. Allerdings nahm ich mir vor, mein Urteil darüber, ob Mango der Täter sein könnte, nicht durch solche Gefühle beeinflussen zu lassen.

Ich wurde ins Triklinium geführt, wo mir ein älterer Sklave, dessen Gesicht durch eine große, schlecht verheilte Stirnnarbe entstellt wurde, demütig bedeutete, daß ich ein paar Augenblicke warten müsse. Ich stand auf einem Mosaik, das Neptun, Amphitrite und diverse Meeresungeheuer zeigte. Anders als im übrigen Teil des Anwesens gab es hier nur eine einzige Statue, dafür aber eine kolossale: Eine mindestens sieben Ellen hohe bronzene Panzerstatue eines muskulösen, leicht übergewichtigen jungen Mannes. Ich brauchte ein paar Augenblicke, um ihn zu erkennen – es war der vor fast fünfundzwanzig Jahren verstorbene Imperator Titus, der wahrscheinlich einer unserer bedeutendsten Herrscher geworden wäre, wenn er nicht so gerne kalt gebadet hätte. So verkühlte er sich, bekam hohes Fieber und starb – nur zwei Jahre, nachdem er seinen aus dem gleichen Grunde in den Hades eingegangenen Vater Vespasian beerbt hatte.

"Man soll immer den Mann ehren, dem man seinen Reichtum zu verdanken hat!"

Ich fuhr herum. Ein ungefähr fünfzig Jahre alter Mann war in den Raum getreten, mittelgroß und sehr kräftig. Das Gesicht unter den dichten, eisengrauen Haaren hatte einen harten, verschlagenen Ausdruck, seine Hände waren übersät von den Narben unzähliger Faustkämpfe

"Als Titus damals den aufständischen Juden gezeigt hat, was ein römisches Schwert ist, gehörte ich zu denen, die nachher aufgeräumt haben!" Er lachte unangenehm. Ich erinnerte mich dunkel, daß Titus nach dem Aufstand in Iudaea unzählige Gefangene in den großen Arenen von Alexandria und Antiochia hatte abschlachten lassen, doch offensichtlich waren noch genügend Besiegte übriggeblieben, um Sklavenhändlern wie Mango ein glänzendes Geschäft zu bescheren.

Ich mußte mich gewaltsam zwingen, höflich zu bleiben und verneigte mich. Nachdem ich kurz erklärt hatte, daß ich Repentinus' Tod aufklären sollte, sah ich, wie ein geringschätziges Lächeln Mangos Lippen umspielte. Er setzte sich auf eine Liege und ließ sich von einer hübschen nubischen Sklavin Wein bringen. Das Mädchen war offensichtlich erleichtert, daß es nur den Weinpokal auf einen Tisch abstellen mußte und weiter nichts mit ihr geschah, denn es huschte danach auffällig eilig aus dem Raum. Mango bot mir weder einen Platz noch gar Wein an, ich stand vor ihm wie ein Botenjunge beim Rapport. Ich kochte vor Wut und Scham.

Betont langsam setzte Mango das Weinglas an seine Lippen und trank, während er mich über den Rand des Pokals hinweg mit seinen dunkelgrünen Augen anstarrte wie eine Schlange, die sich überlegt, ob sie zubeißen soll oder nicht. Das gab mir ein wenig von meiner Selbstsicherheit zurück, weil ich merkte, daß Mango in mir eine potentielle Bedrohung sah.

Ich deutete auf den dunkelblau schimmernden Weinpokal. "Eine schöne Arbeit", sagte ich und meinte es ehrlich. "Normalerweise werden Gefäße dieser Art aus Metall gefertigt, aus Bronze, Silber oder sogar Gold. Glas ist dafür sehr ungewöhnlich."

"Glas ist überhaupt ungewöhnlich", entgegnete Mango trocken. "Was willst du von mir?" fragte er dann unvermittelt. Seine Stimme hatte einen barschen Tonfall angenommen, vor dem wahrscheinlich alle Sklaven im Haus zitterten.

Doch ich war kein Sklave mehr.

"Ich will wissen, ob du Repentinus umgebracht hast", entgegnete ich unverfroren. Ich deutete auf den Pokal aus weiß gestreiftem blauem Achatglas, das wie dunkles, tiefes Meerwasser schimmerte.

"War er vielleicht ein besserer Glaskenner als du? Hat er dir Kunden weggeschnappt oder die Preise verdorben?" fragte ich betont spöttisch.

"Pah!" rief Mango und fegte mit einer blitzschnellen Armbewegung den noch halbvollen Pokal vom Tisch. Das Glas flog quer durch den Raum, bevor es am anderen Ende auf dem Mosaik aufschlug und in unzählige weiße und blaue Splitter zersprang. Der Wein ergoß sich über ein Meeresungeheuer, so daß es aussah, als wälze es sich in seinem eigenen Blut.

"Natürlich kennt sich Repentinus mit Glas besser aus als ich." Er hielt inne und grinste mich dann an. "Natürlich kannte er sich besser aus", verbesserte er sich. "Aber ich war der bessere Händler. Einem alten Sklavenhändler macht da niemand etwas vor. Ich bin erst zwei Jahre im Glasgeschäft, doch ich habe mir schon meinen Platz erobert. Ich habe nicht an Repentinus verloren, Repentinus hat an mich verloren!" rief er triumphierend.

"Warum hast du überhaupt dein Geschäft gewechselt?" fragte ich und setzte provozierend nach: "Hat dich beim Sklavenhandel vielleicht jemand ausgestochen?"

Er sprang auf und stellte sich dicht vor mich hin. Ich hielt seinem Blick stand, worauf ich einigermaßen stolz war. Er tippte sich an die Nasenspitze.

"Ich kann Sklaven auf drei Meilen Entfernung riechen", zischte er. "Ich kann riechen, daß du einer bist – also sei besser vorsichtig!"

"Ich bin kein Sklave mehr", entgegnete ich kühl.

Er lachte höhnisch. "Einmal Sklave, immer Sklave!" Ich holte tief Luft, um nicht die Selbstbeherrschung zu verlieren. Natürlich hatte Mango in gewisser Weise recht, denn Menschen wie ich, die bereits als Sklaven geboren werden, tragen für immer das Stigma der Unfreiheit in der Seele. Niemals würde ich mich ganz davon lösen können, einmal ein Sklave gewesen zu sein. Doch hier war es an der Zeit, Mango seine Grenzen aufzuzeigen.

"Was auch immer ich früher war", sagte ich betont ruhig, "jetzt bin ich ein Beauftragter des Konsuls Marcus Ulpius Traianus!"

Mango entspannte sich und lachte, diesmal aber, wie mir schien, ohne Hohn oder Verachtung, sondern mit einer Spur echter Belustigung. Er setzte sich wieder und ließ sich von der verängstigten Sklavin neuen Wein bringen. Als sie auch die Glassplitter und den Weinfleck auf dem Mosaik beseitigen wollte, schickte er sie mit einer verärgerten Geste hinaus. Dann wandte er sich wieder mir zu. Seine Stimme klang jetzt gefährlich leise.

"Traianus ist doch gerade der Grund dafür, daß ich aus dem Sklavenhandel ausgestiegen bin!" meinte er.

Ich wußte, daß ich in diesem Augenblick ziemlich dumm aussah, doch ich konnte es einfach nicht vermeiden, ihn verblüfft anzustarren. Er genoß diesen Triumph und lachte.

''Traianus ist ein großer Feldherr'', fuhr er fort, ''Feldherren führen Kriege, Kriege bedeuten neue Sklaven. Mach' mir doch nichts vor'', rief er verächtlich, ''jeder weiß, daß er nur darauf wartet, den alten Nerva zu beerben. Und was glaubst du, was Traianus tun wird, wenn er erst einmal Imperator ist?''

Plötzlich dämmerte es mir, und ich begriff, daß Mango sich zu recht für einen gerissenen Händler hielt.

''Traianus wird neue Provinzen für Rom erobern'', antwortete ich, ''es gibt Gerüchte, wonach seine Legionslegaten sogar schon detaillierte Pläne für einen Kriegszug ausgearbeitet haben, allerdings weiß keiner genau, gegen wen. Wenn er Nerva auf den Imperatorenthron folgt, sind die Legionen sofort angriffsbereit.''

Mango nickte grimmig.

''Nerva ist alt und krank, die großen Eroberungszüge werden also bald beginnen. Dann werden unsere Legionen unzählige gefangene Feinde im Triumphzug durch Rom schleifen – und anschließend verkaufen.'' Jetzt senkte er seine Stimme zu einem verschlagenen Flüstern. ''Und weil es so viele sein werden, wird der Preis für Sklaven ins Bodenlose sinken. Ich habe nach dem Jüdischen Krieg angefangen, weil Sklaven so billig zu haben waren, doch heute...'' Er machte eine verächtliche Geste. ''Billige Sklaven bedeuten für einen ehrgeizigen Neuling ein Göttergeschenk, doch für einen etablierten Händler wie mich verderben sie nur den Gewinn. Da habe ich mich nach lukrativeren Waren umgesehen. Für Gold- und Silberminen brauchst du eine Konzession des Imperators – es ist sehr schwer, da dranzukommen. Für Weizen, Öl oder Wein brauchst du viel Land oder eine große Handelsflotte – sehr teuer und risikoreich, ein Sturm oder ein verregneter Sommer können genügen, um dich zu ruinieren. Außerdem legt man sich dabei mit mächtigen Senatoren und Händlern an.

Aber Glas? Die Rohstoffe dafür sind billig. Die CCAA ist zwar ein mieses Nest, aber weit weg von Rom und seinen Intrigen. Das einzige, was du brauchst, sind Sklaven mit speziellen Kentnissen. Sie sind normalerweise schwer zu besorgen – allerdings nicht für jemanden wie mich.'' Er lachte wieder so, daß ich ihn am liebsten erwürgt hätte.

''Ich mußte Repentinus gar nicht auf schmutzige Weise beseitigen'', rief er stolz, ''ich hätte mich auch so gegen ihn durchgesetzt. Wahrscheinlich wußte er das auch, denn wie ich hörte, hat er sich in letzter Zeit nicht mehr sehr viel um Glas gekümmert. Er ahnte, daß er dabei war, das Spiel zu verlieren, und hat sich vielleicht nach etwas Neuem umgesehen.''

Ich versuchte, äußerlich unbeeindruckt zu bleiben. Mir schien es zweifelhaft zu sein, ob ein Mann wie Mango, der außer seiner Rücksichtslosigkeit nichts vorzuweisen hatte, einen Spezialisten wie Repentinus vom Markt verdrängen könnte. Doch hatte Mango offensichtlich in den letzten zwei Jahren so viel Erfolg gehabt, daß er nicht um jeden Preis zu schmutzigen Tricks greifen mußte.

Er grinste mich höhnisch an.

''Außerdem habe ich während der Saturnalien mein eigenes Fest hier in diesem Haus gegeben. In der Nacht, in der man Repentinus abgestochen hat, saß ich in dem Raum, in dem wir jetzt sind, zusammen mit über fünfzig Gästen, zwei Meilen vom *Praetorium* entfernt.''

Das saß. Ich hatte nie daran gedacht, daß einer der bedeutenderen Einwohner der CCAA die Saturnalien nicht im *Praetorium* gefeiert haben könnte. Aber an Sklavenhändlern (und ehemaligen Sklavenhändlern, die so stolz auf ihre alte Tätigkeit sind, daß sie sie in ihren Namen aufnehmen) haftet ein ähnlicher Makel wie an ihrer Ware: Jeder braucht sie, aber keiner möchte etwas mit ihnen zu tun haben. Wahrscheinlich war Mango gar nicht eingeladen worden. Natürlich hätte er trotzdem einen Mörder zum Fest des Traianus schicken können, doch schien er mir nicht der Mann zu sein, der ein so unnötig großes Risiko einging. Nicht, daß ich Mango keinen Mord zutraute, ganz im Gegenteil – nur hätte er wahrscheinlich einen anderen Ort zu einer anderen Zeit gewählt und die Sache persönlich erledigt.

Außerdem konnte ich mir nicht vorstellen, daß Mango einen dermaßen erfahrenen Mörder zu Repentinus geschickt hätte, um mir anschließend einen Attentäter auf den Hals zu hetzen, der ein vollkommener Stümper war. Vorausgesetzt natürlich, der Anschlag hatte wirklich etwas mit meinen Nachforschungen zu tun.

Ich verabscheute Mango und hätte nur zu gerne etwas gefunden, das ihn belastete, doch unglücklicherweise deutete alles auf das Gegenteil hin, was Motiv und Möglichkeit zum Mord an Repentinus anging. Da ich nicht mehr weiter wußte und mich nicht länger als unbedingt nötig in diesem Haus aufhalten wollte, brachte ich eine steife Verbeugung zustande und bedankte mich für die Informationen, die er mir gegeben hatte. Mango lachte mich nur aus. Doch als ich schon an der Tür des Trikliniums stand, rief er mir nach:

"Repentinus war nicht sauber!"

Ich drehte mich um, plötzlich sehr aufmerksam.

"Wie meinst du das?"

Er grinste und tippte sich wieder bedeutungsvoll an die Nasenspitze.

"Er war eigensinnig, verstockt, mißtrauisch – er hatte eine Menge zu verbergen."

"Seine Geheimnisse rund ums Glas", entgegnete ich. "Wenn er deinen von überall her eingekauften Sklaven mit ihrem Wissen voraus bleiben wollte, mußte er dauernd etwas Neues entwickeln."

Mango lachte.

"Ich bin schon sehr vielen Menschen begegnet, die sich ähnlich benommen haben wie Repentinus – und keiner von ihnen konnte auch nur ein Glas blasen. So verhalten sich nur Männer, die in ihrer Vergangenheit etwas zu verheimlichen haben – einen dunklen Punkt, ein Verbrechen oder eine schandbare, niedere Herkunft. Ich weiß nicht, was Repentinus zu verbergen hatte, aber ich bin ziemlich sicher, daß es nichts mit Glas zu tun hat."

Ich ging nachdenklich zurück in die Stadt. Im 'Hungrigen Iupiter' aß ich etwas, hatte aber keine Gelegenheit, den Wirt ein wenig auszuhorchen, da dieser die meiste Zeit bei zwei germanischen Bäuerinnen am Tisch hockte, die ich abstoßend häßlich fand – er hingegen nicht. Diatretus hatte sehr wenig über Blussus gewußt, den anderen großen Konkurrenten des Verstorbenen, er hatte mir nicht einmal gesagt, wo er wohnte. Es gab aber einen Ort, an dem ich dies schnell herausfinden würde: das *Forum*.

Inzwischen war es klarer geworden, zum ersten Mal seit Tagen konnte man die Sonne sehen. Es war, als wäre ein großer Riß durch das Gebirge aus schwarzgrauen Wolken gelaufen, das bis dahin den Himmel erdrückt hatte. Die Sonne lugte daraus hervor wie ein schüchterner Gast, der nicht genau weiß, ob er bleiben darf oder nicht. Auf dem *Forum* ging es lebhaft zu. Die Gewürz- und Stoffhändler mißtrauten dem Wetter und blieben, um ihre kostbaren Waren fürchtend, lieber in der Basilika, doch die Bauern, die Gemüse, Öl und Getreide verkauften, hatten ihre Buden auf dem Platz aufgeschlagen. Auch die Rheinfischer waren jetzt draußen, sie hatten ihre speziellen Plätze nicht weit neben der Kurie. Hier waren einige steinerne Tische fest mit dem Pflaster des Platzes verbunden. Auf ihnen wurden die Fische ausgenommen, wurden ihnen Köpfe und Flossen abgeschlagen. Das Blut lief von den Tischen auf den Boden, sammelte sich in einer kleinen steinernen Rinne am Rande des *Forums* und wurde von dort in die Kanalisation geleitet.

Die Tür zur Kurie stand offen, ich konnte aber keinen Mann sehen, der aussah, als gehöre er zum Dekurionenrat. Zwei kleine Garküchen verbreiteten Wohlgerüche und ein bißchen Wärme auf dem zugigen Platz. Es waren hauptsächlich Sklaven und freie, aber wenig wohlhabende Frauen, die die Marktstände belagerten; Fischer und Bauern versuchten sich gegenseitig mit ihren besten Angeboten zu überschreien, andere hatten bereits alles verkauft und waren dabei, ihre Buden zusammenzupacken. Auf den Treppen zur Basilika saßen ein paar Halbwüchsige und spielten mit knöchernen Würfeln und kleinen weißen und schwarzen Steinen auf einem Plan, den vielleicht schon ihre Väter in jungen Jahren in den Marmor geritzt hatten. Ein paar Schritte weiter froren zwei ältere Prostituierte im böigen Wind, der durch die Säulenhalle fuhr. Jetzt, so kurz nach den Saturnalien, waren die meisten ihrer Kunden aber noch satt vor Lust, trauten sich nicht aus dem Haus oder hatten kein Geld für ihre Dienste. Sie hatten denn auch ihre Reize, die sie normalerweise schamlos zur Schau stellten, mit einer wollenen *Lacerna* verhüllt und harrten nur aus einer Art dumpfem Pflichgefühl aus, wie verlorene Legionäre, die bis zum Ende ihrer Tage Stellungen halten, die ihre Feldherren längst vergessen hatten.

In eine der umlaufenden Säulen hatte ein humorloser Pedant oder ein hoffnungsloser Moralist in ungelenken Buchstaben eine Warnung eingeritzt: 'Lies und wisse, daß auf diesem *Forum* viel geklatscht wird.' Genau das war es natürlich, was mich hierhin geführt hatte. Ich kam schnell mit ein paar Sklaven, die ihre Einkäufe erledigt, aber noch keine Lust hatten, wieder zu ihren Häusern zurückzugehen, ins Gespräch. Wir redeten über dieses und jenes, und nach kurzer Zeit hatte ich wie beiläufig gefragt, wo Blussus wohne.

"Der feige Kelte?" rief ein großer syrischer Küchensklave dröhnend. "Der wohnt im 'Haus der Gladiatoren', direkt westlich neben den Thermen."

Die anderen lachten, offensichtlich kannten sie alle das Haus oder hatten zumindest davon gehört.

"Was ist daran so lustig?" fragte ich.

"Blussus hat so viel Angst, daß er sogar den Boden seiner Villa mit Bewaffneten verziert hat, um sich besser zu schützen", antwortete der Syrer.

Ich wurde hellhörig.

"Vor wem hat er denn so viel Angst?" Ich bemühte mich, meine Frage möglichst unverfänglich klingen zu lassen.

"Vor dem Prätor!" rief einer.

"Vor seiner Frau!" ein anderer.

"Vor Mango! Vor Traianus! Vor den Duumvirn! Vor den Göttern! Vor seinen Kindern!" alle steuerten irgendeinen Vorschlag bei. Entweder war Blussus der größte Feigling des Imperiums oder keiner wußte, ob und wenn ja vor wem er sich denn nun wirklich fürchtete.

"Vor Repentinus!" krähte ein vorlauter kleiner iberischer Botenjunge.

Ich stand noch ein paar Augenblicke bei den faulenzenden Sklaven, dann verabschiedete ich mich und wandte mich auf dem Cardo Maximus Richtung Nordtor, weg von den Thermen. Ich wollte nicht, daß jemand von ihnen auf die Idee käme, ich würde Blussus besuchen. Erst zwei Straßen weiter machte ich kehrt und erreichte auf Umwegen das 'Haus der Gladiatoren'.

Ich war als ehemaliger Sklave gewohnt, hin und wieder in entwürdigende Situationen zu geraten, doch ich hatte nicht damit gerechnet, daß mir das auch bei der Ankunft im Anwesen des Blussus passieren würde. Es war ein ganz passables Haus an einer, dank der Nähe zu den Thermen, sehr belebten Straße. Als ich dem Ianitor meldete, daß ich den Hausherren zu sprechen wünsche, starrte der mich an, als wäre ich ein Bote aus dem Hades. Er rief etwas auf Keltisch, woraufhin die Tür zu einer Kammer direkt neben der Eingangspforte aufging und zwei muskelbepackte, in enge Wolltuniken gekleidete Männer erschienen. Sie mußten sich nicht vorstellen, ich wußte, was sie waren: ehemalige Gladiatoren, die nun als Leibwächter arbeiteten.

"Warte hier!" fuhr mich einer der beiden Schläger barsch an. Ich konnte keine Waffen entdecken, doch ich war sicher, daß die beiden irgendwo in ihren dunklen Gewändern Knüppel, Schlagringe oder sogar Dolche versteckt hielten. Der Ianitor war inzwischen Richtung Vestibül verschwunden, kam aber bald darauf mit einem kleinen, kahlköpfigen Männchen zurück. Ich war erleichtert, denn er war der erste Mann in diesem Haus, der Manieren zu haben schien. Er verneigte sich steif und stellte sich vor:

"Ich bin Satto, der Verwalter des Blussus."

Ich erklärte ihm mein Anliegen und fragte, eingedenk der beiden ehemaligen Gladiatoren, die sich bedrohlich links und rechts von mir aufgebaut hatten, betont höflich, ob ich den Hausherren sprechen dürfe.

Satto sah besorgt aus.

"Bist du bewaffnet, Herr?" fragte er.

Ich war verblüfft, beschloß dann aber, ihm meinen versteckten Dolch zu zeigen.

"Ich bin eigentlich Bibliothekar. Das Ding brauche ich, um manchmal die Lederriemen zu durchschneiden, mit denen Schriftrollen zusammengebunden sind", versicherte ich so treuherzig wie möglich. Das war eine Lüge (kein Bibliothekar, der seine Schriften wirklich liebt, geht mit einem Dolch auf sie los), doch ich wollte Satto – und die beiden Schläger neben mir – nicht unnötig nervös machen. Der Sklave nahm mir den Dolch so vorsichtig ab, als befürchte er, er könne ein Eigenleben entwickeln und ihn urplötzlich anfallen, und gab ihn an den Ianitor weiter.

"Er wird ihn dir wiedergeben, wenn du das Haus wieder verlassen wirst."

Für mich hörte sich das an wie 'falls du dieses Haus wieder lebend verlassen wirst', doch ich fügte mich. Satto war allerdings noch immer nicht zufrieden, sondern sah peinlich berührt aus.

"Versteh mich bitte nicht falsch, Herr, natürlich vertrauen wir dir", murmelte er.

"Aber?" machte ich, noch halb belustigt.

"Aber wie der große alte Philosoph Lenus schon sagte: 'Vertrauen ist gut, Kontrolle ist besser'", nuschelte er verlegen, nickte kurz – und ehe ich es begriff, stürzten sich die beiden ehemaligen Gladiatoren auf mich; der eine hielt mich fest, während mich der andere mit routinierten Griffen abtastete.

"Sauber!" grunzte er, dann ließen mich die beiden wieder los.

"Was hast du erwartet?!" zischte ich, "daß ich einen Wurfspieß unter der Tunika verstecke? Vielleicht sollte ich mich beim nächsten Mal vorher splitternackt ausziehen, bevor ich Blussus besuche."

"Das ist gar keine so schlechte Idee, Herr", antwortete Satto und meinte es offensichtlich ernst.

Ich trottete hinter ihm her, durchquerte ein so vollständig mit bunten Marmorplatten ausgelegtes Peristyl, daß sich nicht der kleinste Grashalm zeigte, und gelangte in einen Raum, der auf kuriose Weise zugleich Triklinium, Schreibstube und Kinderzimmer zu sein schien. Es war der Raum, der dem Haus den Namen gab.

Ich stand plötzlich auf einem Amphitheater – genauer: auf einem Mosaik, das eine Arena darstellen sollte, in der Gladiatoren verbissen miteinander kämpften. Genau unter meinen Füßen hatte ein *Retiarius* Netz und Dreizack bereits verloren, doch hatte er noch immer einen Dolch in jeder Hand – was wahrscheinlich nicht reichen würde, denn sein Gegner war ein *Murmillo:* Visierhelm, Langschild, Beinschiene und *Gladius*. Links von mir kämpften zwei Thraker mit Krummsäbeln und kleinen Schilden gegeneinander, rechts wurde ein Retiarius gerade von einem verletzten Tiger niedergerissen. Am gegenüberliegenden Ende des Raumes hatte der begabte und detailverliebte Künstler den Bogengang des Amphitheaters angedeutet, darüber stand in drei Reihen das Publikum. Davor stürzte ein neuer Gladiator in die Arena, offenbar der dem Hausherren wichtigste, denn ihm allein war eine Mosaikinschrift gewidmet: 'ANCITATUS ADVENTUS' – 'Ancitatus marschiert ein.'

Links von mir standen Liegen und Beistelltische, wie sie in jedem Triklinium zu finden sind, doch rechts sah ich einen Schreibtisch, einen Hocker und ein Regal mit Schriftrollen. Ein kleiner Junge saß vor dem Regal und war mit Feuereifer dabei, eine Schriftrolle in winzige Schnipsel zu zerreißen. Neben ihm saß eine Frau auf dem Hocker, die, den Faden in der Linken, die Spindel in der Rechten, Wolle spann. Die Frau war vielleicht vierzig Jahre alt, eine Keltin mit enorm hoch toupierten Haaren, über die sie eine wulstartige Haube gezogen hatte. Sie trug ein Untergewand mit langen, am

Handgelenk aufgeschlitzten Ärmeln, darüber ein weites, ärmelloses Obergewand und darüber schließlich einen Überwurf, der mit einer goldenen Spange an ihrer rechten Schulter gehalten wurde un in den, damit er richtig fiel, am hinteren Saum kleine Gewichte eingenäht waren. Auch ihr Schmuck war überreichlich: ein Halsring aus purem Gold, eine Brosche, mehrere Gewandfibeln und einige Arm- und Handreifen sowie Ringe. Die Frau blickte mich mit einem Ausdruck an, der verblüffend dem glich, den Küchenmägde zeigen, wenn sie plötzlich irgendwo eine Schabe entdecken.

Der Hausherr war so alt wie die Frau und hatte kurzgeschnittenes, blondes Haar. Er trug ein langes Leibgewand, darüber einen Umhang mit Kapuze. Kein echter Römer, der seine Sinne noch alle beieinander hatte, wäre so herumgelaufen wie Blussus oder seine Frau. Doch Kelten scheinen einen solchen Aufzug zu lieben.

Ich verneigte mich und brachte meinen Standardspruch vor. Blussus erhob sich von der Liege und warf die Tabula achtlos beiseite, auf der er sich Notizen gemacht hatte. Er stellte sich vor und nickte dann in Richtung zur anderen Raumhälfte. ‘‘Meine Frau Menimane und mein älterer Sohn Primus’’, sagte er.

Die Frau spann weiter, der Knirps unterbrach nur für wenige Augenblicke sein fröhliches Zerstörungswerk, als er seinen Namen hörte, ließ sich dann aber auch nicht weiter beirren.

Blussus und ich nahmen auf den Liegen Platz, Satto brachte uns eine Schale mit kandierten Früchten. Sie war aus hellgrünem Glas und rundherum mit kunstvoll herausgeschliffenen, detailverliebten Kampfszenen geschmückt: Ein Wagenlenker mit Lanze und Schild auf einem Zweispänner gegen einen Panther, ein *Retiarius,* unter dem der

Name 'Pulcher' eingraviert war, gegen einen *Secutor* namens Auriga sowie Herkules, der den lybischen Riesen Antaios hoch in der Luft hält und erwürgt. Ziemlich blutrünstige Verzierungen für eine Schale mit Leckereien.

Während wir auf den süßen Köstlichkeiten herumkauten, hatte ich ganz deutlich eine Vision vom Untergang Roms vor Augen. Blussus und seine hochgetakelte Frau waren Barbaren, wie sie unsere Moralphilosophen nicht besser erfinden könnten – doch sie machten offensichtlich erfolgreiche Geschäfte im Imperium. Das war deprimierend. Noch deprimierender aber war der kleine, schriftenzerstörende Primus – er hatte schon einen lateinischen Namen. Es war zwar der blödeste, den man sich für einen erstgeborenen Sohn überhaupt hätte einfallen lassen können, aber das war unwesentlich. Primus würde, hätte er erst die Toga virilis angelegt, als vollwertiger, echter Römer gelten. In ein oder zwei weiteren Generationen würde sich diese *Familia* von einem schleimigen, mittellosen Historiker einen Stammbaum zurechtzimmern lassen, der bewies, daß ihr Urahn Romulus beim Bau der ersten Stadtmauer geholfen hatte. Rom würde sich auf diese Weise langsam barbarisieren.

"Ich bedaure den Tod des ehrwürdigen Repentinus außerordentlich", sagte Blussus schließlich förmlich, "aber was, lieber Aelius, hat das mit mir zu tun?"

Ich wusch mir meine zuckerverklebten Finger sehr sorgfältig in einer kleinen Wasserschale, die mir eine Sklavin hinhielt – sorgfältiger als nötig, denn ich wollte Blussus schwitzen lassen. Wenn ein reicher Händler wie er einen ehemaligen Sklaven wie mich mit 'lieber Aelius' anredete, dann mußte er Angst haben vor mir, gewaltige Angst.

"Du bist, du warst der größte Konkurrent des Opfers", sagte ich schließlich, nicht ganz wahrheitsgemäß.

Blussus fuhr hoch.

''Das war einmal so'', sagte er heiser, ''doch Mango hat uns in den letzten zwei Jahren ganz schön zugesetzt. Jetzt ist *er* der größte Konkurrent des Repentinus'!''

In seiner Stimme lag so viel gequälte Angst, daß ich unwillkürlich Mitleid mit ihm empfand. Es war offensichtlich nicht nur meine Anwesenheit, die ihn beunruhigte. Welche Qualitäten auch immer Blussus zu einem erfolgreichen Glashersteller gemacht haben mochten, Nervenstärke gehörte ganz bestimmt nicht dazu. Langsam fing ich an zu glauben, was sich die tratschenden Sklaven auf dem *Forum* erzählt hatten: Daß Blussus vor allem und jedem Angst hatte.

''Du hast meine Frage immer noch nicht richtig beantwortet'', erinnerte er mich nervös. ''Warum kommst du zu mir?''

Ich wog meine Worte sorgfältig ab, um ihn nicht unnötig zu beunruhigen. ''Weil ich noch auf der Suche nach den Gründen bin, warum man Repentinus umbringen wollte'', sagte ich vorsichtig.

''Warum?!'' rief Blussus. Seine Frau blickte von ihrer Spindel auf und warf ihm einen mißbilligenden Blick zu. Er machte eine demütige Geste, schien auf seiner Liege zusammenzuschrumpfen und wandte sich dann wieder mir zu – flüsternd. Feine Schweißperlen standen auf seiner wulstigen Stirn.

''Ich kann dir nicht nur das 'Warum' beantworten'', zischte er, ''sondern auch das 'Wer'.''

''Wer?'' fragte ich lakonisch. Im Geiste schloß ich mit mir selbst eine Wette ab, daß er mir jetzt Salvius oder irgendeinen anderen Sklaven nennen würde. Ich verlor.

''Mango war's'', hauchte er und sah sich mißtrauisch in diesem kuriosen Raum um, als ob es hier vor Lauschern und potentiellen Meuchelmördern wimmelte.

''Mango?'' fragte ich lakonisch, aber diesmal verzichtete ich auf eine geheime Wette, was seine Gründe für diese Vermutung anging. Blussus öffnete einen kleinen Lederbeutel, den er am Gürtel trug, und holte einen fleckigen, an den Rändern eingerissenen Papyrus heraus. Offensichtlich trug er das Blatt immer mit sich herum. Er faltete es auseinander, die Knickstellen waren bereits brüchig.

"Hier!" sagte er und reichte mir das Blatt, in seiner Stimme und dieser Geste lag eine seltsame Mischung aus Angst und Triumph.

Es war nur ein Satz, geschrieben in einer ungeübten, kaum leserlichen Handschrift mit einer roten Tinte aus Zinnober, die vielleicht an eine Blutspur erinnern sollte: 'WEICHE ODER KAEMPFE - MANGO'.

"Das habe ich bekommen, als Mango vor zwei Jahren seine erste Glasbläserei in der CCAA aufgemacht hat", flüsterte Blussus und starrte den Papyrus an, als stehe auf ihm ein Fluch geschrieben. "Ich bin sicher, daß auch Repentinus eine solche Nachricht bekommen hat!" zischte er.

Da war ich auch sicher. Typischer Sklavenhändler-Trick. Sie müssen Sklaven für Wochen, manchmal auch Monate in engen Zellen oder Frachtschiffen ruhig halten; sie müssen unmittelbar nach einer Schlacht mit siegestrunkenen Legionären um deren menschliche Beute feilschen; sie müssen gelegentlich Männer und Frauen abwimmeln, die behaupten, daß einer ihrer Verwandten unrechtmäßig in die Sklaverei verkauft wurde – oder aufgebrachte Käufer, die hinterher feststellen, daß der Sklave nicht so ist, wie der Händler es versprochen hatte. Angst ist da immer eine gute Waffe. Sklavenhändler sind professionelle Angstmacher, andere Menschen in Furcht und Schrecken zu versetzen gehört zu ihrem Handwerkszeug – einer der Gründe dafür, warum sie im ganzen Imperium so unbeliebt sind.

Nichts anderes hatte Mango hier getan. Ein kleiner Trick, um seine ärgsten Widersacher in Aufregung zu versetzen – was ihm zumindest bei Blussus über alle Maßen hinaus gelungen war. Aber war er deswegen gleich Repentinus' Mörder? Meine Zweifel in dieser Hinsicht waren nicht geringer geworden.

Blussus bemerkte wohl meine Skepsis. Er wurde wütend – eine gefährliche Wut, wie sie nur Männer haben, die Angst haben und feststellen müssen, daß man sie nicht ernst nimmt.

"Diesen Papyrus" rief er und hielt ihn mir hin wie einen Skorpion, den er gefangen hatte, "hat mir ein Bote überbracht. Zu Repentinus dagegen ist Mango damals selbst gegangen. Ich weiß nicht, was die beiden besprochen haben, aber ich glaube, es ging um so etwas wie *dies.*" Wieder schüttelte er den Papyrus.

"Auf jeden Fall wurde Mango am Ende von Repentinus' Verwalter, diesem Salvius, und zwei oder drei kräftigen Sänftenträgern regelrecht aus dem Haus geworfen. Der alte Sklavenhändler hat gekocht vor Wut. Was Repentinus darüber dachte, habe ich nicht erfahren, denn er hat mir nichts davon erzählt." Er lachte bitter.

"Kein Wunder allerdings, denn Repentinus hat nie etwas erzählt. Der hätte uns sogar verschwiegen, wie das Wetter draußen ist!"

"Hast du dich mit Repentinus gegen euren gemeinsamen neuen Konkurrenten verbündet?" fragte ich und bemühte mich, diese Frage so beiläufig wie möglich klingen zu lassen. Unmöglich. Blussus fuhr hoch, als hätte ich seine Mutter beleidigt.

"Kein Glashersteller hilft dem anderen!" Er gurgelte vor halbunterdrückter Empörung. "Natürlich habe ich auch weiterhin Repentinus getroffen wo ich nur konnte – und er mich."

Aus dem Tonfall seiner Stimme schloß ich, daß letzteres weit häufiger vorgekommen sein mußte als ersteres, sagte aber nichts dazu. Ich erhob mich.

"Vielen Dank für deine Hilfe, Blussus. Falls ich noch Fragen zu dem Mord haben sollte, werde ich wieder zu dir kommen", sagte ich, wohl wissend, daß er das als Drohung auffaßte.

Er begleitete mich bis zum Peristyl. Dort sah er sich um, ob uns auch niemand belauerte, dann krallte er seine Rechte in meinen Arm.

"Mango hat Repentinus erwischt!" zischte er, und ich glaubte, ein irres Flackern in seinen Augen zu sehen, "Aber mich erwischt er nicht!"

Ich nickte beruhigend und löste behutsam seine Hand von meinem Arm.

"Die Götter werden dir gnädig sein, Blussus, und dich auch die nächsten und viele weitere Saturnalien im Kreise deiner *Familia* feiern lassen. Hast du eigentlich die letzten Saturnalien im *Praetorium* gefeiert?" fragte ich dann, als wäre es mir gerade in diesem Augenblick zufällig eingefallen.

Blussus blickte mich verwirrt an, dann richtete er sich stolz auf. Er ahnte, daß ich mit dieser Frage Hintergedanken verband, doch er tippte auf die falschen.

"Natürlich hat mich der ehrwürdige Konsul Traianus eingeladen!" rief er mit einer Mischung aus Genugtuung und Empörung. "Noch zähle ich etwas in dieser Stadt! Du glaubst doch nicht etwa, nur weil man diesen elenden Mango nicht eingeladen hatte, daß Repentinus der einzige Glashersteller war, dem diese Ehre zuteil wurde? Auch ich wurde Traianus vorgestellt. Wenn du es genau wissen willst: Man wies Repentinus und mir benachbarte Liegen zu, doch meine war die, die näher an der des zukünftigen Imperators stand!"

‘‘Dann war also an jenem verhängnisvollen Abend niemand näher bei Repentinus als du?’’ fragte ich unschuldig. Blussus erkannte jetzt, was er gesagt hatte und starrte mich betroffen an. Ich war sicher, daß er ab jetzt auch in mir einen Todfeind erblickte. Lächelnd verbeugte ich mich, ließ ihn im Perystil stehen, holte mir beim Ianitor meinen Dolch ab und verließ das ‘Haus der Gladiatoren’.

Eine alte Geschichte

Ich war alles in allem ziemlich zufrieden mit mir. Zwar war ich bei der Suche nach dem Mörder nicht unbedingt einen entscheidenden Schritt weitergekommen, doch fand ich meine Vorstellungen bei Mango und Blussus ganz annehmbar für einen ehemaligen Sklaven. Ich hatte beide jeweils auf ihre Art in Unruhe versetzt. Falls einer von ihnen wirklich etwas zu verbergen hatte, dann, so hoffte ich, würde er jetzt reagieren müssen – und mir damit vielleicht unfreiwilligerweise den entscheidenden Hinweis geben.

Fröhlich pfeifend überquerte ich die Straße vor dem 'Haus der Gladiatoren' und betrat die Thermen. Ich ließ mich nach der üblichen Entkleideprozedur im *Caldarium* ordentlich durchweichen. Ich drehte vorsichtig eine Aufklärungsrunde durch das dampfende Becken und hielt Ausschau nach Balbilla Macra oder sonstigen potentiellen Attentätern, doch ich konnte nur unverdächtige, träge Schemen erkennen. Erleichtert schloß ich die Augen und ließ mich treiben.

Nachdem ich vom heißen Wasser genug hatte, kleidete ich mich wieder an und ging zur kleinen Bibliothek der Thermen, um auch meinem Geist ein wenig Entspannung zu gönnen. Hier hatten zwei Sklaven Dienst, die ich, den Muskelpaketen an ihren Armen nach zu urteilen, eher für Masseure als für Bibliothekare hielt. Ich hatte leider recht.

"Bringt mir das neueste Werk des Publius Cornelius Tacitus!" rief ich ihnen zu, doch die beiden glotzten mich nur verständnislos an.

"Die *Historiae* meine ich, ihr Esel!" setzte ich aufmunternd hinzu. Noch immer blanke Ahnungslosigkeit. Ich schloß die Augen und sprach ein kurzes Gebet zu Apoll, daß er diese beiden Verächter der Musen vom Antlitz der Erde tilgen möge. Ich öffnete die Augen wieder – die beiden Muskelberge standen noch genauso ahnungslos vor mir wie zuvor. Irgendwo über mir lehnte sich Apoll jetzt gerade vielleicht ein bißchen vor, gespannt darauf, wie ich mit diesen beiden Dumpfköpfen fertig werden würde.

Ich versuchte es mit Höflichkeit. Es wirkte.

"Ihr arbeitet noch nicht sehr lange hier?" fragte ich leutselig.

"Erst ungefähr eine Woche, Herr!" antwortete der geringfügig Schlankere der beiden.

"Der Bibliothekar ist während der Saturnalien leider plötzlich verstorben", ergänzte der andere.

"Ihr Götter, noch einer!" rief ich entsetzt. Die beiden Fleischklöße verstanden mich falsch.

"Du brauchst nicht zu trauern, Herr!" meinte der eine beschwichtigend.

"Er starb einen schönen Tod, gleich am ersten Tag der Saturnalien. Bei einer Hure."

"Genaugenommen auf einer Hure", ergänzte der andere kichernd.

Ich fragte mich, wie die Götter es zulassen konnten, daß solche Menschen kostbare Bibliotheken verwalten durften.

"Ich werde den Tacitus selbst suchen", sagte ich, und die beiden Aushilfsbibliothekare nickten erleichtert. Mir kam der Verdacht, daß sie möglicherweise nicht einmal lesen konnten.

Publius Cornelius Tacitus war ein welterfahrener, desillusionierter, zynischer Mann – mit anderen Worten, es war ein Genuß, seine Schriften zu lesen. Ich ging die langen hölzernen Regale ab, in denen die Schriftrollen lagen, und besah mir die an ihnen angebrachten Namensschilder. Bald hatte ich tatsächlich die *Historiae* entdeckt. Sie waren erst vor kurzem erschienen, eine scharfsichtige, gnadenlose Beschreibung unserer jüngsten Vergangenheit. Man kann nicht gerade behaupten, daß die verschiedenen verblichenen Imperatoren, von denen viele immerhin nach ihrem Tod vom Senat zu Göttern erhoben worden waren, dabei gut wegkamen. Die Schrift hatte in Rom selbst im letzten Jahr einigen Wirbel verursacht. Es gab einige mächtige Senatoren, die ihren Verfasser gerne in die entfernteste Provinz oder gar ins Reich der Schatten geschickt hätten, doch unser aller mächtiger Herr Traianus ließ öffentlich durchblicken, daß er unbestechliche Männer vom Schlage eines Tacitus zu schätzen wisse und ihre politische Karriere fördern werde. Meine Privatvermutung war, daß Traianus gar nicht so unglücklich darüber war, seine Vorgänger als Versager und Stümper dargestellt zu sehen – um so strahlender würde er erscheinen, trüge er erst einmal das Purpur der Imperatoren.

Als ich die Schrift entrollte, fielen mir durch Zufall zwei dicht beieinanderliegende Stellen auf, die jemand mit Strichen, Kringeln und hin und wieder einem großen 'SIC' markiert hatte. Ich stöhnte angewidert auf. Wie jeder Bibliothekar, der noch ein bißchen auf sich hält, hasse ich es, wenn ein Leser in den kostbaren Schriftrollen herumschmiert, als wäre es eine wertlose Tabula, auf der man sich flüchtige Notizen macht. Ich untersuchte die beiden Stellen. Die Tinte der Markierungen war blauschwarz, der rücksichtslose Leser war so stolz oder erregt gewesen, daß er seine Feder tief in das Pergament eingegraben, es an einigen Stellen sogar eingerissen hatte. Natürlich waren es die wenigen Stellen bei Tacitus, an denen diese elende CCAA die Ehre hatte, genannt zu werden. Typisch hyperstolzer Provinzler, der sein Heimatkaff in einem bedeutenden Werk findet und vor Begeisterung mit seiner eigenen ungelenken Klaue umkringelt!

Das bei Tacitus an dieser Stelle beschriebene Ereignis lag ungefähr dreißig Jahre zurück. Der Imperator Nero war ein solches Monster gewesen, daß er alle seine näheren Verwandten in den Hades geschickt hatte, bevor es ihn schließlich selbst erwischte. Da es niemanden mehr aus seiner *Familia* gab, stritten sich verschiedene Prätendenten um den vakanten Thron. Zuerst Galba und Otho – und dann, weil das offensichtlich noch nicht reichte, kam auch Aulus Vitellius hinzu, der verfressene, blutrünstige, verschwenderische und päderastische Sproß einer mit vielen Konsuln gesegneten Familie. Er war Statthalter von Germania inferior – und es war hier in der CCAA, in eben jenem *Praetorium*, in dem die Saturnalien gefeiert worden waren, in dem ihm die meuternden Legionen den Imperatorentitel anboten.

'In der Nacht, die auf die Kalenden des Januarius folgte, überbrachte in der Stadt Agrippinensis der Adlerträger der IV. Legion dem Vitellius, der gerade beim Mahl saß, die Nachricht, die IV. und die XXII. Legion hätten die Statuen Galbas zu Boden geworfen. Man beschloß, sich des noch schwankenden Glücks zu versichern, und den Legionen einen neuen Imperator anzubieten.'

Diese Stelle war mit ein paar dicken Strichen am Rand markiert. Das war noch verhältnismäßig zurückhaltend im Vergleich zu dem, was wenige Zeilen später folgte.

'Am nächsten lag das Winterquartier der I. Legion, der entschlossenste unter den dortigen Legaten war Fabius Valens. Dieser rückte am nächsten Tag mit den Reitern der Legion und der Auxiliarii in der Stadt Agrippinensis ein und begrüßte Vitellius als Imperator.'

Die Worte 'I. Legion' und 'Fabius Valens' waren dick unterstrichen, mit allerlei Kringeln versehen, und über

'Valens' stand ein großes 'SIC'. Was mich nur wunderte, war die Tatsache, daß der Name der CCAA, obwohl mehrfach genannt, keine ähnlich geartete Verzierung erfahren hatte – so wie es bei einem übereifrigen Lokalpatrioten eigentlich zu erwarten gewesen wäre. Mit meinem strengsten Gesichtsausdruck wandte ich mich an die beiden Aushilfsbibliothekare.

"Ihr wißt nicht zufällig, wer diese Schmiererei veranstaltet hat?" fragte ich mit echter Empörung, aber ohne große Hoffnung.

"Doch, Herr!" antwortete der um eine Winzigkeit Dickere triumphierend. "Das war Calpurnius Repentinus!"

Ich wäre beinahe rücklings von dem Schemel gekippt, auf den ich mich zur Lektüre niedergelassen hatte. Danach brauchte ich ein paar Augenblicke, um meine Stimme wieder einigermaßen kontrollieren zu können.

"Woher weißt du das?" brachte ich schließlich entgeistert hervor.

"Ich bin hier in der CCAA geboren, Herr", entgegnete der Dicke. "Natürlich kannte ich Calpurnius Repentinus, jeder hier kennt ihn. Aber in den über zwanzig Jahren, in denen ich hier schon Sklave bin, habe ich ihn nie in den 'Thermen der Sieben Weisen' gesehen – bis vor ein paar Monaten, als er plötzlich regelmäßig hier aufkreuzte und in den Schriftrollen herumstöberte. Einen Tag vor den Saturnalien ist unser Bibliothekar furchtbar aufgeregt durch die ganzen Thermen gelaufen und hat allen Sklaven eingeschärft, ihm sofort zu melden, wenn sie Repentinus wieder sähen. Er wollte ihn zur Rede stellen, weil er die Rolle, die du da gerade in der Hand hältst, bekritzelt hat. Nun, jetzt können sich die beiden im Hades über ihre Schriftrollen streiten!"

Ich ignorierte die beiden kichernden Fleischberge und entrollte hastig die Schrift. Tacitus schilderte mit grimmiger

Zufriedenheit das Chaos, das in Germanien ausbrach. Otho hatte Galba besiegt und getötet, doch Viellius war mit seinen besten Legionen nach Italia marschiert und hatte seinerseits Otho besiegt, der sich daraufhin erdolchte. Dann kam Vespasian mit seinen Legionen aus dem Osten und zerschmetterte Vitellius, um sich selbst als neuen und – wie sich herausstellen sollte – dauerhaften Imperator einzusetzen. Während dieses Kampfes standen hier am Rhein ein paar desorientierte Legionen, die noch immer zu Vitellius hielten, obwohl der inzwischen in den Hades eingegangen war. Das nutzte der Germane Iulius Civilis, um zusammen mit Iulius Classicus einen gefährlichen germanisch-gallischen Aufstand gegen Rom zu entfachen, in dessen Verlauf er einigen Legionen schmähliche Niederlagen beibrachte.

Die CCAA wollten die Aufständischen zunächst plündern und zerstören, doch gelang es diesen windigen Provinzlern, sich Civilis und seinen Horden als Verbündete anzudienen und so ungeschoren davonzukommen. Als sich Vespasian in Rom eingerichtet hatte, schickte er ein paar von seinen Legionen nach Germanien, um hier aufzuräumen. Das gelang ziemlich schnell – und wieder standen die listigen Bürger der CCAA auf der Seite der Sieger. Die Stelle, an der Tacitus das beschrieb, war schließlich diejenige, die wiederum dick markiert war:

'Um Hilfe baten die Agrippinenser und boten dafür die Auslieferung der Gattin und der Schwester des Civilis und der Tochter des Classicus an, die als Geiseln bei ihnen geblieben waren. Sie hatten bereits die in ihrer Stadt verstreut lebenden aufständischen Germanen getötet. Daher ihre Furcht und der Grund für ihren Hilferuf, ehe der Feind mit neuen Kräften Hoffnung schöpfte oder zu einem Rachefeldzug rüstete. Denn dazu war Civilis entschlossen.

Er verfügte noch über bedeutende Macht, da die verwegenste seiner Kohorten noch ungeschwächt war: Chauken und Friesen, die bei Tolbiacum im Gebiet der Agrippinenser lagerten. Aber von seinem Plan brachte ihn die traurige Nachricht ab, daß die Kohorte durch einen tückischen Anschlag der Agrippinenser vernichtet worden sei: Diese hatten durch reichliche Gastmähler und Trinkgelage die Germanen eingeschläfert, alle Türen versperrt, Feuer hineingeworfen und so alle verbrannt.'

Tolbiacum war ein Dorf südwestlich der CCAA, einen knappen Tagesritt entfernt. Der Name war dick umkringelt; auch einige andere Passagen der Beschreibung dieser brutalen Falle waren heftig markiert – ob vor Stolz oder Empörung, konnte ich nicht erkennen.

"Ist das die einzige Schrift, die Repentinus auf seine sehr spezielle Weise verziert hat?" fragte ich. Die beiden Geistesleuchten sahen sich unsicher an.

"Also, da in der Nähe muß noch eine Schriftrolle liegen, die er sich immer wieder vorgenommen hat. Ich weiß aber nicht genau, welche", sagte einer der beiden schließlich kleinlaut.

Ich seufzte und suchte in den Regalen, die mir seine vage Handbewegung angedeutet hatte. Es war nicht allzu schwierig. Natürlich Gaius Suetonius Tranquillus. Der hatte in den letzten Jahren einige deftige Biographien von verstorbenen Imperatoren veröffentlicht, in denen Grausamkeiten und sexuelle Perversitäten nicht zu kurz kamen. Ich zog die Rolle hervor, in der Suetonius die kurzen Karrieren von Galba, Otho und Vitellius abhandelte – und mußte nicht lange suchen. Es war die Beschreibung von der Ausrufung des Vitellius zum Imperator – ähnlich wie bei Tacitus, nur farbiger:

'Da rissen die Legionäre den Vitellius ohne Rücksicht auf Tag und Stunde – es war bereits am Abend – plötzlich, so wie er war, in seinem Hauskleide aus seinem Schlafzimmer und riefen ihn zum Imperator aus. Man trug ihn durch die belebtesten Straßen mit dem blanken Schwert des vergöttlichten Iulius Caesar in der Hand, das man aus dem Marstempel genommen und bei der ersten Beglückwünschung überreicht hatte.'

Die Worte 'Schwert' und 'Marstempel' wiesen die mir inzwischen gut bekannten heftigen Kringel und krakeligen SICs auf. Ich wollte die Schrift schon beinahe wieder zusammenrollen, als ich entdeckte, daß noch ein weiterer Satz, ein paar Zeilen tiefer, unterstrichen war. Es war in dem Absatz, der beschrieb, wie Vitellius die Stelle erreicht, an der sein vernichteter Rivale Otho begraben ist:

'Den Dolch, mit dem Otho sich getötet hatte, sandte Vitellius als Weihegeschenk in den Tempel des Mars nach Colonia Agrippinensis.'

Das Wort 'Dolch' war so stark umkringelt, daß ich es kaum noch entziffern konnte – ich starrte auf diese Stelle und hatte plötzlich einen höchst unguten Verdacht.

Ich sprang auf, knallte die Schriftrolle des Suetonius zurück aufs Regal und rannte an den beiden verdutzten Aushilfsbibliothekaren vorbei nach draußen. Der Tempel des Mars war einer der größten der CCAA und stand am Hang eines kleinen Hügels, auf dem das Kapitol über Stadtmauer und Rhein hinweg bis weit ins Barbarenland hinein sichtbar war. In diesem Teil der Stadt waren alle Prunkbauten mit der Absicht konstruiert, den wilden Germanen auf dem anderen Ufer des großen Flusses römische Pracht und Überlegenheit zu demonstrieren. Genau in der

Südostecke der Stadt stand das Capitol auf der einzigen wirklichen Erhebung weit und breit. Hier blickte ein sitzender Iupiter Optimus Maximus gestreng auf die finsteren, feindlichen Wälder der Barbaren, ihm zur Seite standen Iuno und Minerva, die kaum weniger grimmig blickten. Der Tempel des Kriegsgottes stand zwischen Capitol und *Praetorium.* Hier in dieser Grenzgegend war Mars bei den Legionären natürlich äußerst beliebt, und sein Heiligtum stand wohl niedriger als das Kapitol, war aber nicht kleiner.

Ich rannte an zwei Wohnblöcken vorbei, überquerte den Cardo Maximus und spurtete die Freitreppe hoch, die zur Cella des Marstempels führte. Zwischen zwei Säulen traf ich einen verhüllten älteren Priester, der offensichtlich hier, wo es windgeschützt und ruhig war, die seltenen Sonnenstrahlen genießen wollte.

"Wo ist der Dolch Othos?" keuchte ich, vom Lauf außer Atem.

Der Priester sah mich an, als wäre ich eine Erscheinung aus der Unterwelt, die vor ihm aufgetaucht war, um ihn ins Reich der Schatten zu zerren. Er griff sich ans Herz, und ich fürchtete einen Augenblick ernsthaft, daß er ohnmächtig zu Boden sinken würde. Ich zwang mich dazu, langsamer zu atmen und erklärte dem Mann dann in wenigen Sätzen, daß ich für meine Nachforschungen in Sachen Repentinus den Dolch des gescheiterten Imperators zu sehen wünschte. Ich war dem Priester immer noch nicht ganz geheuer, doch gab er mir nun zögernd Auskunft.

"Das ist etwas delikat", murmelte er.

"Die Waffe, mit der sich ein Imperator entleibt hat, als Weihegeschenk wegzugeben, ist eigentlich ein Frevel gegen die Götter. Aber damals ist dies von den Priestern hier akzeptiert worden. Es wäre deshalb auch ein Frevel, das Weihegeschenk, das einmal angenommen worden ist, wieder zu entfernen. Deshalb haben wir uns schon vor langer Zeit entschlossen, den Dolch Othos zwar zu behalten, aber'', er zögerte und lächelte dann dünn, ''nun, diskret aufzubewahren. Folge mir bitte!''

Er führte mich in die halbdunkle Cella. Eine doppelt mannshohe steinerne Marsstatue, die den Gott als Krieger in voller Panzerrüstung zeigte, beherrschte den Raum. Die Innenwände des Raumes waren dunkel verputzt – so bildeten sie einen sehr wirkungsvollen Untergrund für die Hunderte von blitzenden Weihegeschenken, die dankbare Legionäre und Magistrate im Laufe der Jahrzehnte gespendet hatten: Schwerter, Schilde, Helme, Brust- und Beinpanzer hingen überall an den Wänden. Manche waren kostbar gearbeitete kleine Kunstwerke, deren einziger Zweck es war, als Gabe in einem Tempel zu hängen; andere waren so verschrammt und zerbeult, daß sie vorher anderen, kriegerischen Zwecken gedient haben mußten, und zwar so gut, daß ihre dankbaren Besitzer sie anschließend dem Gott dargebracht hatten. Manche waren anonym, unter anderen waren kleine Marmortafeln angebracht mit Sprüchen wie: 'Silvanus erfüllt gerne und dankbar dieses Gelübde.'

Der Priester führte mich zur rückseitigen Wand der Cella. Auch sie war mit Weihegeschenken bedeckt. Er ging mit schnellen Schritten Richtung linker Wandhälfte – und blieb plötzlich wie vom Schlag getroffen stehen. Er brauchte mir nichts zu sagen. Ich konnte selbst eine fein gearbeitete, kleine, silberne und sehr leere Scheide sehen.

''Der Dolch Othos!'' japste der Priester verstört. Er hörte sich an, als hätte eine unsichtbare Macht ihre Hände um seine Kehle gelegt und würde langsam zudrücken.

''Wo ist der Dolch des Imperators?''

''Im *Praetorium*, bei der Wache des Konsuls Marcus Ulpius Traianus'', antwortete ich grimmig.

''Er liegt dort in einer verschlossenen Truhe, zusammen mit all den anderen Dingen, die man bei dem toten Calpurnius Repentinus gefunden hat!'' Ich hatte keinen Zweifel daran, daß es der prachtvoll gearbeitete Dolch war, den der Dekurio so sehr bewundert hatte.

''War Repentinus oft hier im Tempel?'' fragte ich. Der Priester schüttelte den Kopf, noch immer verstört.

''Er hat dem Mars nie geopfert. Er war nur ein einziges Mal hier, das ist erst ein paar Wochen her. Ich war damals zufällig gerade im Tempel. Er hat dem Gott nicht gehuldigt oder ein Weihegeschenk dargebracht, sondern mir nur ein paar Fragen gestellt.''

Ich nickte.

''Zum Dolch Othos'', meinte ich düster.

Falsch geraten. Der Priester schüttelte den Kopf und deutete zur Kolossalstatue des Gottes. In einem Gehänge, das für einen normalgroßen Mann gefertigt worden war und deshalb an diesem Standbild lächerlich klein wirkte, hing ein alter *Gladius*.

''Repentinus fragte mich nach dem Schwert des vergöttlichten Caesar, unserem ersten, wertvollsten und berühmtesten Weihegeschenk.''

Ich starrte den Priester verblüfft an.

''Was wollte er wissen?'' Der Mann zuckte die Achseln.

''Er hat nur seltsame Fragen gestellt. Der *Gladius* ist so alt und die Luft hier ist so feucht, daß wir ihn gelegentlich zu einem Schmied geben müssen, damit er ihn vom Rost befreit. Repentinus wollte wissen, zu welchem Schmied wir das Schwert immer bringen.''

Eine halbe Stunde später stand ich in einer heißen, qualmerfüllten Schmiede vor den Toren der Stadt. Der Priester des Mars hatte mir gesagt, daß sein Tempel Caesars Schwert alle fünf Jahre zu immer dem gleichen Schmied brachte: Nonienus Pudens. Ich mußte dazu den Cardo Maximus seiner Länge nach hochgehen, denn die Schmieden standen neben den Glasbrennereien vor den Toren der Stadt. Es gibt nichts, was wir Römer so fürchten wie einen Großbrand in der Stadt, deshalb verbannen wir alle Werkstätten, in denen mit offenen Feuern hantiert wird, auf Grundstücke jenseits unserer schützenden Mauern. Das nützt natürlich alles nichts, denn die unzähligen kleinen Feuer, die in unseren Wohnungen und Villen brennen, reichen vollkommen aus, hin und wieder eine unserer stolzen Städte in Schutt und Asche zu legen.

Ich fragte einige unter schweren Eisenbarren schwitzende Sklaven nach der Schmiede des Nonienus Pudens und hatte sie kurz darauf erreicht. Es war ein wahrer Palast des Vulcanus. In der Mitte des rohen Ziegelbaus stand ein riesiger gemauerter Ofen. Zwei schwitzende halbwüchsige Sklaven bedienten einen Blasebalg, der so groß war wie ein Ochse; ein anderer hielt einen schweren Hammer und sah so aus, als würde er unter diesem Gewicht jeden Augenblick zusammenbrechen. Pudens selbst war nackt bis auf einen schmalen ledernen Lendenschurz. Er war ein muskelbepackter Riese, dessen schweißglänzende Haut an den Armen unter einem dichten Flaum schwarzer Haare verschwand – zumindest dort, wo umherfliegende kleine glühende Eisen- oder Holzkohlestückchen die Haare noch nicht weggebrannt und die Haut vernarbt hatten. Ich schätzte, daß er schon jenseits der Fünfzig war. Doch als er nun mit einer eisernen Zange eine rotglühende Metallzunge aus dem Ofen geholt und auf den Amboß gelegt hatte, nahm er sich vom sichtlich erleichterten Sklaven den Hammer und schlug mit einer solchen Wucht und Präzision darauf ein, daß ich schon vom bloßen Zusehen einen Muskelkater bekam.

Pudens veranstaltete ein gewaltiges Spektakel. Rufen war zwecklos, dem heißen Ofen näherkommen wollte ich auch nicht – also hüpfte ich am Eingang der Schmiede durch die Luft und ruderte mit meinen Armen herum wie eine Windmühle. Vergebens. Der Schmied war voll und ganz mit seiner Arbeit beschäftigt, und seine drei Gehilfen starrten nun fasziniert auf das glühende Eisen, das langsam die Form einer Schwertklinge annahm. Erst als Pudens irgendwann das Werkstück in einen hölzernen Wasserbottich warf, wo es in einer Wolke aus weißem Dampf zischend abkühlte, gelang es mir, mich bemerkbar zu machen.

Pudens schickte einen seiner Sklaven zu mir, doch ich schickte den Jungen wieder mit der Botschaft zurück, daß ich den Meister selbst zu sprechen wünsche. Pudens bedachte mich vom Amboß aus mit einem langen Blick. Gedankenverloren wog er den schweren Hammer in der Hand als wäre es ein Wanderstab, und ich hatte für einen Augenblick ernsthaft den Eindruck, als erwöge er, mir mit diesem furchteinflößenden Werkzeug den Schädel zu zermalmen. Doch schließlich stellte er den Hammer weg, warf sich einen schmutzigen Mantel über und trat zu mir vor die Schmiede.

Ich sagte mir, daß es besser sei, bei Pudens auf alle überflüssigen Worte zu verzichten, also leierte ich nur kurz meinen Standardspruch hinunter und fragte ihn dann, ob sich Repentinus bei ihm hatte blicken lassen. Pudens nickte.

"Seltsamer Mann", sagte er. Seine Stimme klang heiser wie bei jemandem, der den ganzen Tag lang herumbrüllt. "Wollte irgend etwas über Caesars Schwert wissen."

Ich horchte auf.

"Was genau wollte er denn wissen?"

Der Schmied kratzte sich ausführlich am Kopf. "Schwer zu sagen. Er druckste ziemlich lange herum. Schließlich hat er mich dann gefragt, wie lange ich schon dieses berühmte Schwert pflege. Ich sage: 'Über dreißig Jahre. Davor tat dies mein Vater.' Darauf er: 'Weißt du, wer es damals aus dem

Tempel geholt hat, um es dem Vitellius zu geben?' Ich brauche ein paar Augenblicke, bis ich begreife, daß er den Abend meint, als hier ein paar besoffene Legionäre den Freßsack zum Imperator ausgerufen haben. 'Klar weiß ich das noch', antworte ich, 'das war Quintus Valens, der Sohn des Fabius Valens, des Legaten der I. Legion, der es dann bis zu Vitellius' engstem Berater gebracht hat.' Daraufhin schien Repentinus, nun'', der Schmied kratzte sich wieder ausgiebig zwischen seinen eisengrauen Haaren, ''na, erfreut würde ich nicht sagen, aber irgendwie zufrieden wirkte er dann schon. Dann gab er mir zehn Sesterzen und verschwand. Wie ich schon sagte: seltsamer Mann.''

Ich mußte Pudens recht geben. Was immer Repentinus an dieser dreißig Jahre alten Geschichte von Verschwörung, Aufstand und Mord interessiert haben mochte – ich kam nicht darauf. Ich wurde nur das verdammte Gefühl nicht los, daß es etwas mit seiner Ermordung zu tun haben könnte.

Müde und verwirrt trottete ich durch die Stadt, bis ich den ''Hungrigen Jupiter'' erreichte, wo ich mir den Bauch vollschlug. Während des ganzen Essens grübelte ich über die Fakten nach, die ich heute erfahren hatte. So suchte ich unter anderem nach einer Verbindung der Verschwörung des Vitellius oder des Aufstandes des Iulius Civilis mit der Herstellung von Glas – vergeblich. Es gelang mir nicht, einen Sinn in das alles zu bringen, obwohl es eine kleine, penetrante Stimme in meinem Hinterkopf gab, die mich pausenlos einen kompletten Idioten nannte. Ich wurde das beunruhigende Gefühl nicht los, daß ich an diesem Tag über die Lösung des Rätsels gestolpert, aber zu blöd war, sie als solche zu erkennen.

Schließlich erhob ich mich seufzend und machte mich auf den Heimweg. Im 'Haus der Diana' gelang es mir erfolgreich, mich an meiner Vermieterin und ihren Töchtern vorbeizuschleichen. Dann öffnete ich die Tür zu meiner Kammer – und erkannte, daß ich zwischendurch unangemeldeten Besuch bekommen haben mußte.

Auf meiner Liege lag ein Fetzen Papyrus, darauf stand in großer, geübter Schrift: 'IN VINO VERITAS'.

Ich starrte diesen Wisch an und warf ihn schließlich auf den Tisch. Dann machte ich mich daran, meine bescheidene Bleibe systematisch zu durchsuchen. Nichts. Es war nichts gestohlen und auch nichts zusätzlich hier versteckt worden, eine Giftschlange oder ein Skorpion unter der Bettdecke etwa. Nur dieser Papyrus. Also machte ich mich daran, ihn so gründlich wie möglich zu untersuchen, doch ich konnte keine Geheimtinte entdecken, keine verschlüsselte Botschaft, nichts. Was blieb, war dieser banale Spruch: 'Im Wein liegt Wahrheit'. Wütend knüllte ich den Papyrus zusammen und warf ihn in eine Ecke.

Zunächst dieser dilettantische Überfall und nun dieser rätselhafte Einbruch. Was sollte das bedeuten? Ein übler Scherz? Eine Verhöhnung? Oder ein diskreter Hinweis? Wenn letzteres wirklich zuträfe, sagte ich mir grimmig, dann wäre es nicht der einzige Hinweis, den ich an diesem Tag bekommen, aber nicht verstanden hatte.

Galeria

Am nächsten Morgen wachte ich in deutlich besserer Stimmung auf. Heute sollte im Amphitheater vor den Toren der Stadt ein Mimus unter dem Vorsitz unseres Konsuls gegeben werden, ein großes, derbes Theaterspiel. Außer einigen wenigen bedauernswerten Legionären und Sklaven, die Wache schieben, beziehungsweise schuften mußten, würden sich alle Bewohner der CCAA, Freie wie Sklaven, Reiche wie Arme, in trauter, fröhlicher Eintracht auf den Rängen wiederfinden, um sich über die derben Zoten hellenischer Schauspieler zu amüsieren.

Ich zog meine feinste Tunika an und stellte anschließend meine Wohnung auf den Kopf, bis ich auch die dazu passende elfenbeinfarbige Toga gefunden hatte. Als ich aus der dunklen Stiege hinaustrat auf die Straße, stand ich mitten in einer aufgeregt schwatzenden Menschenmenge: Handwerker und Bauern mitsamt ihren *Familia*e, alle so gut wie möglich herausgeputzt; dunkle Sklaven aus Nubien oder Syrien, die an diesem Tag Ausgang hatten und sich ohne Aufsicht bewegen durften; eine Gruppe feierlich dunkel gekleideter, bärtiger Juden; Legionäre, die ihre Brust- und Beinpanzer so poliert hatten, daß sie wie Spiegel glänzten; und in Kopfhöhe über diesem Getümmel bunte, mit dicken Tüchern verhangene Sänften, in denen sich die Reichen und Mächtigen der CCAA zu den Spielen tragen ließen.

Wir gingen langsam wie ein träger Heerzug, alle hatten das gleiche Ziel: das Nordtor. Hier, westlich neben den Glasbrennereien und Schmieden und ebenfalls außerhalb der

Stadtmauer, stand das Amphitheater der Stadt – das heißt, das, was davon schon fertig war.

Amphitheater sind so etwas wie ein römischer Standardbau. Wo immer wir uns auf dieser Welt festgesetzt haben, errichten wir eines. Allerdings dauert das seine Zeit, denn ein Amphitheater ist ein gewaltiges Bauwerk. Hier in der CCAA war man gerade mitten bei den Bauarbeiten. Es sollte ein riesiges Oval werden, gut 300 Ellen lang und über 225 Ellen breit, das einmal, wenn es fertig sein würde, über 20.000 Zuschauer aufnehmen könnte. Doch noch war es ein Torso. Erst einer der gewaltigen Ringe aus Arkadenbögen war bereits aufgemauert worden, an der Westseite begann man gerade damit, die Pfeiler für den zweiten Ring hochzuziehen. Hier lag noch Arbeit für Jahre, denn über dem zweiten war noch ein dritter Arkadengang geplant.

Wir strömten auf eine riesige Baustelle zu, auf ein grandioses Provisorium. Der unterste Ring bestand aus 60 Bögen. Ungefähr drei Viertel des Rings waren bereits mit acht Reihen steinerner oder – für die wichtigsten Gäste – marmorner Bänke bestückt. Solide gemauerte Treppen führten die beiden Zugänge hoch, die Wände waren innen weiß verputzt, teilweise standen auch schon marmorne oder bronzene Statuen auf ihren Plätzen in Nischen und vor den Pfeilern. Der Rest war mit rohen Holzlatten provisorisch abgesperrt worden. Hier konnte man noch auf unverkleidete Tonnengewölbe, noch nicht eingedeckte kleine Zugänge, Tierkäfige ohne eiserne Gitterstäbe, auf Gerüste, hölzerne Kräne und Verschalungen herabblicken.

Damit aber trotzdem alle Bewohner der CCAA das heutige Spektakel genießen konnten, hatte der Magistrat die Errichtung einer provisorischen hölzernen Tribünengalerie über dem bereits fertig gemauerten Ring angeordnet. Es war eine abenteuerliche Konstruktion: Ein annähernd die ovale Grundform einhaltendes Gewirr beindicker Vierkanthölzer, zwischen die man lange, nur grob polierte Bretter als Sitzbänke genagelt hatte, zu denen man über klapprige Treppen oder breite Leitern gelangte.

Amphitheater sind eigentlich nicht der richtige Ort für einen Mimus. Hier sollten Gladiatorenkämpfe aller Art stattfinden, vielleicht auch schöne, spektakuläre öffentliche Hinrichtungen, doch keine Tragödien, Komödien, Sängerwettstreite oder sonstige poetische oder musische Darbietungen. Dafür gab es schließlich seit den Zeiten der weisen alten Griechen die Theater. Doch bedauerlicherweise ist der Geschmack in unseren Provinzen inzwischen so degeneriert, daß sich der Bau eines Theaters schlicht nicht mehr lohnt. Die Leute wollen sowieso immer nur Gladiatorenkämpfe sehen. Und wenn es denn doch einmal ein Stück sein muß, dann aber bitte eine Komödie – und die so derb wie möglich. So etwas konnte man in jedem Amphitheater aufführen.

Über den Sand der Arena hatte man hier in der CCAA einfach ein paar Bretter gelegt, die als Bühne reichen mußten. Vor den Teil des Ovals, der noch nicht benutzbar war, hatte man aus dünnen Latten eine große, grell bemalte Theaterwand zusammengezimmert.

Wir drängten uns vor einigen bunten Holzbuden zusammen, die ein paar Dutzend Ellen vor dem Amphitheater standen. Hier verteilten schwitzende Sklaven, die der Stadt gehörten, die kleinen knöchernen Platzmarken. Jeder erhielt eines dieser Plättchen, auf denen penibel Reihe und Sitznummer aufgemalt waren – so bekam man die Menge halbwegs in den Griff und vermied einseitige Überlastungen der Tribünen, größere Stauungen in den Zugängen, Massenschlägereien um die vermeintlich besten Plätze und andere ärgerliche Vorkommnisse.

Die Sklaven der Glücklichen, die in ihren Sänften hier eingeschwebt waren, drängten sich bis zu den Buden rücksichtlos vor und forderten kategorisch (Sklaven mächtiger Gebieter genießen solche Auftritte) die Platzmarken für ihre Herren. Sie bekamen Nummern auf den steinernen Bänken zugeteilt. Für alle anderen blieben nur die wackeligen, zugigen Holztribünen. Fast überflüssig zu erwähnen, daß ich als ortsfremder Freigelassener auf die dritte Reihe von oben verbannt wurde, die nur auf schwindelerregend steil aufragenden Leitern zu erreichen war. Mein einziger schwacher Trost war, daß die Sklaven noch höher hinaus mußten, auf die beiden obersten Ränge.

Ich drängte mich an den bunten Buden vorbei und suchte nach dem Zugang Nummer II, von dem aus ich meinen Aufstieg beginnen sollte. Außerdem suchte ich das bereits auf den steinernen Rängen versammelte, aufgeregt tuschelnde Publikum nach einem ganz bestimmten hübschen Gesicht ab. Hier in der Provinz war es glücklicherweise nicht so wie in Rom, wo seit vielen Jahren schon Männer und Frauen im Amphitheater auf streng getrennten Rängen sitzen mußten, um unsittliche Vorkommnisse zu vermeiden.

Es war ein sonniger, ungewöhnlich milder Wintertag – als hätten die Götter endlich ein Einsehen gehabt und wollten gleichfalls zusehen. Fliegende Händler boten lautstark kleine bunte Sonnenschirme an (die sie bei schlechtem Wetter ebenso lautstark als Regenschirme angepriesen hätten, obwohl diese zerbrechlichen Gebilde aus billigem Stoff und wertlosem Holz zu beidem gleich schlecht zu gebrauchen waren); windige Männer mit verschwörerischer Miene boten Tuniken, Sandalen, Spiegel und andere alltägliche Dinge an, die angeblich von einem der an diesem Tag auftretenden bekannten hellenischen Schauspieler benutzt worden waren; an allen strategisch wichtigen Stellen in den Bogengängen des Ovals hatten sich grell geschminkte männliche und weibliche Prostituierte postiert, die, Obszönitäten und Spottverse rufend, laut und fröhlich um Freier warben; nur wenig diskreter gaben sich die alten Weiber unmittelbar daneben, die in blinden, schmierigen kleinen Glasfläschchen 'todsichere' Mittel gegen ungewollte Schwangerschaften, zum Schutz gegen Geschlechtskrankheiten und zur Stärkung der Potenz feilboten; zur Zeit waren aber die Händler am dichtesten umlagert, die zu Wucherpreisen Wein, Bier, Zuckerwasser, Brot oder andere kulinarische Gaben verkauften.

Zwei armenische Maronenverkäufer hatten ihre dampfenden Handwagen mit den glühenden Kohlen in gefährlicher Nähe neben dem hölzernen Baugerüst aufgestellt – in so gefährlicher Nähe, daß es schließlich einem jüngeren Magistraten zuviel wurde, er sich ein paar seiner Sklaven schnappte und die zeternden Händler unter dem Beifall des bereits aufgekratzten Publikums ein paar Dutzend Ellen weiter weg expedierte. Er hatte sich allerdings kaum weggedreht, als sich die Armenier mit ihren glühenden Wagen auch schon wieder vorsichtig vorschoben.

Als der Magistrat verschwunden war, kamen auch all die Jünglinge und seltsam gierig aussehenden älteren Männer wieder zum Vorschein, die keine Anstalten machten, zu den Zugängen zu gehen, sondern stattdessen am Rande der Bogengänge herumlümmelten und mit weit in den Nacken gebeugtem Kopf nach oben starrten. Hoch zu den luftigen hölzernen Tribünen, wo sich ihnen unter hochgezogenen Tuniken oder verrutschten Stolen tausend indiskrete Blicke darboten.

Ich ging die Treppe hoch und blickte in den Rund der steinernen Bänke, bevor ich mich auf meinen beschwerlichen

Weg zu den armseligen Rängen machen wollte. Man hatte mir gegenüber, genau unter den ersten begonnenen Pfeilerstümpfen des zweiten Arkadenbogens, mit roten, blauen und weißen Tüchern eine provisorische Loge ausgeschlagen. Hier würde sich in wenigen Augenblicken der ehrwürdige Traianus zeigen, der Veranstalter der heutigen Spiele. Ihm zur Seite würden die Duumvirn und die anderen höchsten Autoritäten der CCAA thronen.

Ich ließ meinen Blick über die Marmorbänke schweifen. Balbilla Macra und ihr Gatte waren da (Lubentina war sicher irgendwo auf der hölzernen Tribüne, doch ich konnte sie nirgends entdecken); Marcia Repentina, die offensichtlich keine Lust mehr hatte, die trauernde Witwe zu spielen, hatte einige Sklaven als persönliche Begleitung dabei – so konnte sie es Salvius gestatten, sich neben sie zu setzen. Mit ihrer Rechten hielt sie ihren Sohn fest, der so betrunken war, daß er die ganze Zeit nach vorne zu kippen drohte. Es würde interessant werden, wenn er sich nicht mehr halten und den vor ihm sitzenden, grimmig dreinblickenden Zenturionen aus Traianus' Garde ins Genick kotzen würde. Mango saß nicht weit entfernt von der *Familia* des Repentinus und warf ihnen ab und zu einen Blick zu, der fatal dem eines Wolfes ähnelt, der weiß, daß die Schafe auf der Weide vor ihm nicht mehr entkommen können. Nachdem ich den ehemaligen Sklavenhändler entdeckt hatte, war es auch nicht mehr schwer für mich, Blussus zu finden - ich mußte einfach nur das gegenüberliegende Ende des Ovals absuchen. Hier, so weit entfernt von Mango wie möglich, saßen Blussus, seine Frau und sein Sohn inmitten einer schützenden kleinen Heerschar von Sklaven und Klienten.

Und schließlich entdeckte ich auch Aulus Fortis, seine hochnäsige Frau – und seine wundervolle Tochter. Mein Herz hüpfte in meiner Brust herum wie ein fröhlicher Spatz.

In diesem Augenblick wandte Galeria ihren herrlichen Kopf, blickte durch das Oval – und schien mich zu entdecken. Ich wagte nicht, ihr in aller Öffentlichkeit wie ein verliebter Bauerntölpel zuzuwinken, doch ich hoffte inständig, daß sie das strahlende, selige Lächeln sah, das ich ihr hinübersandte.

Doch bevor ich noch länger in heiterer Verzückung herumstehen und meine Liebesgöttin anbeten konnte, legte sich eine eisenharte Faust schwer auf meine Schulter. Ich drehte mich um und blickte einen mürrischen Dekurionen an.

"Hadrianus will dich sehen. Sofort."

Er drehte sich um, ohne meine Antwort abzuwarten.

Ich mußte ihm wohl oder übel folgen und drängte mich hinter ihm durch die Menge auf den Rängen, bis wir die Loge erreicht hatten. Dort fand sich gerade langsam die Prominenz der Provinz ein: Aufgeregte Sklaven plazierten kleine, samtene Kissen auf den Marmorbänken, damit sich hochherrschaftliche Hinterteile nicht auf dem kalten Stein verkühlen konnten, während sich die Würdenträger der CCAA mit der jovialen Freundlichkeit selbstzufriedener Bürger begrüßten.

Hadrianus hatte sich bereits gesetzt. Mein ehemaliger Herr war ein zwanzigjähriger, trotz seiner Jugend bereits mit einem beeindruckend massiven Körperwuchs ausgestatteter Mann. Er trug, wegen seines lächerlichen Griechenfimmels, einen dünnen Philosophenvollbart, der ihn älter wirken ließ, als er tatsächlich war. Die Lider über seinen hellgrauen Augen waren fast ganz geschlossen, so daß es aussah, als döse er. Ich kannte das bereits und würde auf diesen Trick nicht hereinfallen. Er benutzte diese Stellung, um plötzlich hellwach aufzublicken und seine verdutzt vor ihm stehenden Opfer durchdringend zu mustern.

Neben Hadrianus saß eine dünne, verbittert und zänkisch aussehende junge Frau: Sabina. Als ich sie so sah, mußte ich mir eingestehen, daß Hadrianus möglicherweise recht haben könnte, mir ihrer Rettung wegen böse zu sein. Ich warf einen unauffälligen flüchtigen Blick auf die hinter den beiden postierte Sklavenschar und entdeckte einen feingliedrigen, klug und sensibel aussehenden Jüngling. Ich kannte ihn nicht, aber ich war sicher, daß es der neueste Schwarm meines ehemaligen Herren war. Erleichtert atmete ich auf, denn immer wenn Hadrianus einen Geliebten hatte, hielten sich seine allseits gefürchteten Wutanfälle in Grenzen.

Er hob seine Lider so langsam, als seien sie zwei eisenbewehrte Tore, hinter denen sich mordlustige Löwen verbargen. Dann mußte ich einen stummen, klugen und sehr, sehr langen Blick ertragen.

"Wie ich höre, bist du noch nicht weitergekommen?" sagte er schließlich. Hadrianus hatte die tiefe und angenehme Stimme eines geübten und talentierten Rhetors. Sein Namensgedächtnis war phänomenal – da er mich aber nicht mit Namen angesprochen hatte, konnte das nur bedeuten, daß er bereits unzufrieden mit mir war.

"Ich habe noch sehr wenig Erfahrung damit, in Mordfällen zu ermitteln", antwortete ich vorsichtig – doch nicht vorsichtig genug.

"Ich sage dir ja immer wieder, daß du dir den falschen Mann ausgesucht hast!" keifte Sabina. Dann wandte sie ihren Blick von ihrem Mann ab, um mir ein beruhigendes Lächeln zu schenken.

"Aelius Cessator ist dein bester Bibliothekar, aber doch nicht jemand, der hinter Mördern herschnüffelt. Warum hast du meinem Onkel dafür keinen Zenturionen vorgeschlagen?"

»Merkur, steh' mir bei!« dachte ich. So ziemlich das Schlimmste, was einem Sklaven – oder ehemaligem Sklaven

– passieren kann, ist, in einen Ehestreit seiner Herren hineingezogen zu werden. Man kann dabei nur verlieren. Sabina meinte es sicher gut mit mir, zumindest auf ihre etwas verbitterte, freudlose Art. Sie wollte mich schon mal prophylaktisch in Schutz nehmen, falls ich am Ende mit leeren Händen dastünde. Doch durch ihr Eintreten für mich würde sie Hadrianus nur noch wütender machen – und der würde es dann irgendwie an mir auslassen, weil Traianus' Nichte unantastbar war.

"Ich habe weniger Probleme als befürchtet. Es gibt durchaus Fortschritte!" rief ich deshalb hastig und nicht gerade wahrheitsgetreu, um eine eheliche Eskalation im Keime zu ersticken.

Hadrianus sah mich überrascht an.

"Ich habe gestern abend mit Aulus Fortis gesprochen (»Ich wußte es! Ich wußte es!« schrie meine innere Stimme.) und dabei erst erfahren, wie tief ihn der Tod des Repentinus wirklich trifft." Er machte eine Kunstpause.

"Ich meine auch finanziell, von dem ganzen persönlichen Leid einmal abgesehen. Ich hatte den Eindruck, daß Aulus Fortis es begrüßen würde, wenn du den Mörder fändest. Möglichst schnell, wenn es geht."

Ich nickte ergeben. Was sollte ich auch sonst tun? Da sitzen die hohen Herren und haben keinen Hinweis für mich, keine Andeutung, keine Vollmacht, nichts, das meine Aufgabe auch nur um eine Winzigkeit erleichtern würde. Das einzige, was sie tun können, ist Druck auf ihre Untergebenen auszuüben und ihnen ihre Arbeit dadurch im Gegenteil noch etwas schwerer zu machen. Jetzt fehlte nur noch, daß man mir eine Strafe androhte.

Als hätte er meine Gedanken gelesen, bedachte mich Hadrianus wieder mit einem seiner furchtbar klugen, furchtbar durchdringenden Blicke.

''Traianus hat vor, noch sechs Tage in der CCAA zu bleiben und dann weiterzuziehen, um die Legionen in Novaesium zu inspizieren. Wenn du uns bis dahin nicht den Mörder präsentieren kannst, dann werde ich dich befördern.'' Ich kannte Hadrianus gut genug, um nicht freudig überrascht aufzublicken.

''Es wird sich in der Verwaltung des Imperiums sicher ein guter Posten für dich finden lassen'', fuhr er fort. ''Wie wäre es als Archivar des Proprätors in Britannien?''

Das war die schauderhafteste Provinz im ganzen Imperium, neblig, naß, kalt und unzivilisiert. Caesar hatte sie besucht und wohlweislich seine Finger davon gelassen. Erst der weltfremde, von seinen Weibern beherrschte Claudius hatte uns diese Suppe eingebrockt, die Rom jetzt für alle Zeiten auslöffeln mußte, denn aus Prestigegründen konnten wir uns natürlich auch nicht einfach so wieder zurückziehen. Eine Beförderung nach Britannien kam einer Verbannung gleich, war aber eleganter, weil man dabei einen Prozeß vermied und das Opfer einem offiziell auch noch dankbar sein mußte.

''Hadrianus, du wirst nicht mehr lange auf den Namen von Repentinus' Mörder warten müssen!'' versprach ich und versuchte dabei, so zuversichtlich wie möglich zu klingen. 'Britannien!' dröhnte es in meinem Kopf. Da war ja selbst die CCAA noch besser. Ich wollte mich schon zurückziehen, als Hadrianus die Hand hob.

''Aulus Fortis versteht durchaus deine schwierige Lage'', verkündete er huldvoll, ''und hat mir versichert, daß er dich unterstützen will, wo immer er kann. Er möchte dich jetzt gerne sprechen.''

Ich starrte Hadrianus überrascht und zugleich hoffnungsfroh an.

''Jetzt gleich?'' fragte ich.

Er lächelte gönnerhaft. "Er läßt dir ausrichten, daß du dieser Vorstellung in den Reihen seiner *Familia* beiwohnen kannst."

Ich verließ in unziemlicher Hast die Loge. Ich brauchte nicht nach oben auf eine der wackeligen Bänke zu steigen, sondern hatte einen bequemen Platz in einer der vordersten Reihen – zum ersten Mal in meinem Leben. Und ich war Galeria Fortis viel näher, als ich je zu träumen gewagt hätte.

Galerias *Familia* hatte ihren Platz auf den Marmorbänken nicht weit von der provisorischen Loge zugewiesen bekommen – das war nicht so ehrenhaft, wie direkt bei Traianus sitzen zu dürfen, aber doch schon so nah, daß es als Auszeichnung gedeutet werden konnte. Aulus Fortis thronte inmitten der Seinen wie ein Provinzimperator, seine Frau zur Linken, seine Tochter zur Rechten, ein kleines Rudel übertrieben aufmerksamer, griechisch herausgeputzter Sklaven im Rücken.

"Aelius Cessator, setz' dich zu uns!" rief Aulus, sobald er mich entdeckte – und verhinderte damit, daß mich einer seiner aufgeblasenen, bereits streitsüchtig aufgesprungenen Sklaven von den marmornen Rängen verscheuchen konnte. "Wie sagt doch der große Homer? *'Doch unermeßliches Lachen erscholl den seligen Göttern, / Als sie sahen, wie Hephaistos in emsiger Eil umherging.' Deine Eile hat ein Ende, hier ist dein Platz.*"

Ich kann nicht gerade behaupten, daß ich geschmeichelt war, als mich Aulus Fortis mit dem hinkenden, rußverschmierten griechischen Gott der Schmiede gleichsetzte, doch folgte ich natürlich gerne seiner Einladung – zumal mir Galeria bereitwillig Platz machte und ich mich zu ihrer Rechten niederlassen durfte. Ihre Mutter dagegen war nicht so zuvorkommend: Sie starrte mich an, als wäre ich ein ekeliges Insekt, das, von einem Misthaufen kommend, ausgerechnet hier gelandet ist.

Die nächste halbe Stunde kam ich kaum dazu, auch nur ein Wort mit der hinreißenden Galeria zu wechseln. Ich dankte Eros, daß er mir erlaubte, ihr so nahe zu sein. Galeria tat nichts anderes, als mich gelegentlich (wie ich fand: aufmunternd) anzulächeln, doch das genügte, um mich selig zu stimmen. Ich roch ihr Parfum – leicht, ein wenig herb, es paßte gut zu ihrem reinen Äußeren. Zwei- oder dreimal wagte ich es gar, sie wie zufällig zu berühren. Da sie sich keine Reaktion anmerken ließ, wußte ich nicht, ob ihr das gefiel – oder ob sie es überhaupt nur bemerkte –, doch ich war schon glücklich, daß sie mir deswegen keine schallende Ohrfeige verpaßte. Mehr war, das wußte ich, natürlich nicht möglich.

Außerdem mußte ich meine Aufmerksamkeit ihrem Vater zuwenden. Aulus Fortis unterzog mich nämlich einem regelrechten Verhör. Überaus freundlich zwar, und gespickt mit (zumeist richtigen) Zitaten von Homer, Pindar und anderen Klassikern, doch mit der Hartnäckigkeit des erfahrenen Händlers, der lange Verhandlungen gewohnt ist. Er fragte mich nach der *Familia* des Calpurnius Repentinus aus, nach meinem Eindruck von der Witwe, darüber, wie ich über den Sohn dachte – und sogar so detailliert über Salvius, daß ich sicher war, daß auch er über das sehr spezielle Verhältnis des Haussklaven zu seiner Herrin informiert war. Dann kamen Mango und Blussus an die Reihe. Im Gegensatz zu meiner – zurückhaltenden – Schilderung der *Familia* des Repentinus, die er mit Äußerungen der Sympathie und der Trauer begleitet hatte, kommentierte Aulus meine Bemerkungen zu den beiden größten Glasherstellern der CCAA mit deutlicher Verachtung. ''Es wäre eine Schande, die selbst die Götter zornesrot entflammen lassen würde, wenn eine so ehrwürdige Glasbläserei wie die des Repentinus wirklich durch einen gierigen ehemaligen Sklavenhändler und einen feigen, barbarischen Kelten in den Untergang getrieben werden könnte!'' rief er einmal pathetisch. Ein klarer Fall für mich: Aulus Fortis machte sich inzwischen ernsthafte Sorgen um seine bei Repentinus investierten Sesterzen.

Fortis ließ erst von mir ab, als eine Reihe Fanfarenbläser über der Loge erschien und mit großem Getöse das Eintreffen unseres heutigen Gönners ankündigte. Traianus kam, angetan mit einer blitzenden Panzerrüstung, einen feuerroten Soldatenmantel schwungvoll über den linken Arm gewikkelt, strahlend und würdevoll in die Loge, wie ein Unsterblicher, der zu den menschlichen Niederungen herabgestiegen ist. »Er übt schon für seinen Auftritt als Imperator in Rom«, dachte ich – und sprang pflichtschuldig auf und jubelte ihm aus voller Kehle zu wie alle anderen 20.000 Zuschauer.

Nachdem der allgemeine Lärm abgeklungen war, setzte sich Traianus als erster wieder und gab mit großer Geste das Zeichen zum Beginn der Aufführung. Ich hatte keine Ahnung, was eigentlich gegeben wurde – bei einem Mimus, wie ihn die meisten Römer lieben, war das aber auch eigentlich egal. Er erinnerte entfernt an eines der Stücke des Plautus. Die Schauspieler waren grotesk gekleidet; manche, vor allem die bekannten, stark geschminkten, göttergleich aussehenden hellenischen Darsteller hatten so gut wie nichts an, andere – vor allem Dicke, Zwerge und ein Einbeiniger – torkelten in viel zu weiten Gewändern über die Bühne. Einige hatten sich grotesk große hölzerne Phallen vor die Hüfte gebunden, die von weitem so aussahen wie die Rammsporne unserer Kriegsgaleeren.

Die konfuse Geschichte, soweit ich sie überhaupt verstehen konnte, handelte von irgendwelchen reichen Senatoren, die sich gegenseitig die Ehefrauen ausspannten. Es fehlte nicht an deftigen und obszönen Szenen, dazu gab es tumbe Sklaven, die ständig verprügelt wurden sowie züchtige Scherze über unseren Imperator und reichlich Hohn und Spott für den Magistrat der CCAA.

Der eigentliche Hauptdarsteller dieser armseligen Schmierenkomödie war ein großer hölzerner Kran am Rande der Bühne, der ständig irgendwelche Schauspieler am Haken hatte, um sie hoch in den Himmel zu heben. Das sollte, je nach Szene, mal den Aufstieg zu den Göttern, das Besteigen eines Berges, eines Balkons oder eines Daches sowie das glückselige Schweben nach erfolgreichem Liebesgenuß symbolisieren.

Das Rund des halbfertigen Amphitheaters dröhnte, als wäre hier ein ganzer Germanenstamm eingeschlossen. Die Leute jubelten ihren Lieblingshellenen zu, gaben wüste Kommentare zu den vielen, ausführlich dargestellten Liebesszenen ab, beschimpften die mißgestalteten Schauspieler und lachten immer dann besonders dröhnend, wenn es mal wieder einen Witz auf Kosten irgendeines örtlichen Magistrats gab. Dieser mußte dann, neben dem feixenden Traianus in der Ehrenloge wie auf einem Präsentierteller sitzend, auch noch möglichst überzeugend so tun, als würde er mitlachen.

"Die besten Schauspieler stehen nicht unten auf der Bühne, sondern sitzen in der Loge." Ich blickte überrascht zur Seite. Es war tatsächlich Galeria, die mich angesprochen hatte. Sie lächelte mich an, und ich hatte augenblicklich den Trubel um uns herum vergessen und nur noch Augen für sie. Jetzt mußte ich schnell etwas Kluges sagen. Doch bevor ich mir noch eine Antwort zurechtlegen konnte, war sie es, die wieder sprach.

"Magst du diesen Mimus, Aelius?" fragte sie.

Ich war erleichtert. Aus dem Tonfall ihrer Frage hörte ich heraus, daß sie sich hier langweilte. So konnte ich getrost ehrlich antworten.

"Mir gefallen die Komödien des Aristophanes besser", sagte ich. Das heißt, ich mußte es herausschreien, um mich im allgemeinen Getöse verständlich zu machen. Das Wunder geschah. Worüber sollte sich ein Freigelassener wie ich schon mit der wunderschönen Tochter eines hochgestellten, reichen Händlers unterhalten? Ich hatte mir bereits stundenlang das Hirn zermartert, womit ich Galeria wohl jemals beeindrucken könnte, doch mir war nichts Überzeugendes eingefallen. Ich war vor ihr verlegen und sprachlos wie ein unerfahrener Vierzehnjähriger. Das einzige, über das ich wirklich Bescheid wußte, waren Schriftrollen.

Und jetzt, nachdem ich Aristophanes erwähnt hatte, fragte mich Galeria interessiert nach den klassischen und modernen Autoren aus. Sie hatte von ihrem Vater wohl einiges gelernt, hatte aber nicht seinen übertriebenen Griechentick. So interessierte sie sich nicht nur für Sophokles und Euripides, sondern hatte, zu meiner nicht geringen Überraschung, auch schon von Suetonius und Tacitus gehört. Der Mimus hörte für uns auf zu existieren. Wir unterhielten uns über Komödien und Tragödien, über Geschichtswerke, über Philosophie, über Epen – und über Liebeslyrik. Ich redete mich in Begeisterung, weil sich die schönste Frau des Imperiums ausgerechnet für das interessierte, was mir mehr bedeutete als alles andere, das unsere Zivilisation je hervorgebracht hatte.

Galeria sah mich aufmerksam und lächelnd an. Dabei sah sie so hinreißend aus, daß ich mich beherrschen mußte, sie nicht auf der Stelle in einer wilden Umarmung zu beglücken, die der geähnelt hätte, die die zweitklassigen Schauspieler unten auf der Bühne karrikierten. Ich unterbrach das, was ich gerade über Tacitus erzählte und sah sie einfach nur verliebt an. Dann faßte ich mir ein Herz und sagte ihr, daß ich ihr verfallen war. Das heißt, ich wollte es sagen. Denn in genau dem Augenblick, als ich Galeria meine Liebe gestehen wollte, brach im Amphitheater ein Tumult los.

Der Grund war Calpurnius Repentinus der Jüngere. Genau passend zu einer Szene, an der das Publikum durch eine besonders obszöne Darstellung dreier Schauspieler (einer davon am Kran) bereits beeindruckend aufgepeitscht war, konnte sich dieser besoffene Nichtsnutz nicht mehr halten und kotzte tatsächlich den Zenturionen voll. Es entstand dort auf den Rängen ein wüstes Handgemenge, in das auch die Witwe und, sichtlich widerstrebend, Salvius verwickelt wurden. Für den großen Rest des Publikums war es eine fantastische Einlage – die beste, die sie offensichtlich seit Jahren zu sehen bekommen hatten. Anfeuerungsrufe wie bei Gladiatorenkämpfen oder Wagenrennen schallten durch das Oval.

Galeria sah mich an. In diesem Augenblick wußte ich, daß sie geahnt hatte, was ich ihr gestehen wollte. Sie lächelte mich an, beugte sich zu mir und schrie mir über das Gebrüll hinweg ins Ohr: "Aelius, das ist die Gelegenheit für uns, für ein paar Augenblicke allein zu sein!"

Ich war so perplex, daß ich sie nur anstarrte, als hätte sie mir soeben verkündet, daß ich zum neuen Imperator proklamiert werden sollte. Doch sie zwinkerte mir zu und stand auf. Ich sprang hoch, und gemeinsam drängten wir uns durch den allgemeinen Aufruhr ringsum. Inmitten dieses Getümmels fiel unser Abgang nicht weiter auf. Wir erreichten den Teil des Amphitheaters, der wegen der Bauarbeiten abgesperrt war. Mit der selbstsicheren Lässigkeit aller reichen Freigeborenen, die nie viele Rücksichten hatte nehmen müssen, schob sie einen Teil eines wackeligen Lattenzaunes zur Seite und schlüpfte auf die Baustelle. Ich folgte ihr.

Hier, im Rücken der provisorischen Theaterwand, bestand das Amphitheater noch aus einem verwirrenden Gewirr halbfertiger Gänge, angefangener Bögen, aus Nischen, Tunneln, kleinen künstlichen Gewölben und Höhlen. Dazwischen Sandhügel, sauber gestapelte Ziegelsteine, Holzkarren, Leitern und große eiserne Stangen. Hier war es schmutzig, aber einsam. Mehr oder weniger.

Als wir uns verlegen lächelnd in dieses Labyrinth hineinwagten, mußten wir diskret sein, um nicht andere Liebespaare zu stören, die die gleiche Idee gehabt hatten wie wir. Auch beglückte manche Hure ihre Kunden hier. Wir fanden schließlich einen niedrigen Gang, der zu einem halbfertigen Tierkäfig führte. Hier waren wir endlich ungestört.

Galeria verlor keine Zeit. Sprachlos vor Verblüffung und Glück sah ich zu, wie sie Stola, Tunika und Untergewand abstreifte.

"Beeil' dich!" flüsterte sie mir kichernd zu. "Wenn ich zu lange fort bin, dann wird meine Mutter mißtrauisch!" Ich riß mir Tunika und Toga in Rekordzeit vom Leib. Galeria nahm sie und formte aus ihnen auf dem Boden ein provisorisches Lager, dann zog sie mich hinab. Die Zeit stand für uns still, Eros beschenkte uns mit seinem Glück. Wir sprachen kein Wort mehr, sondern liebten uns stumm und mit der Gier zweier Menschen, die aufeinander hungrig sind und wissen, daß das, was sie gerade tun, nicht nur wundervoll, sondern auch verboten und gefährlich ist.

Für mich war es, trotz unseres schäbigen, unbequemen Verstecks und der Hast, mit der wir uns lieben mußten, als würde sich mir Venus selbst hingeben. Als ich sie genommen hatte, fühlte ich mich so stolz und befriedigt wie seit meinem ersten Mal nicht mehr. Wir hielten uns danach noch ein paar Augenblicke eng umschlungen, bis wir wieder zu Atem kamen. Dann sprang Galeria behende auf und kramte in einem kleinen, fein gearbeiteten Lederbeutel, der an den Gürtel ihrer Stola genäht war. Sie zog ein handtellergroßes buntes Glasfläschchen heraus, das wie ein winziger Gladiatorenhelm geformt war. Sie nahm diese Kostbarkeit in beide Hände und erwärmte sie auf diese Weise so lange, bis eine darin enthaltene zähe Masse so flüssig war, daß sie in kleinen, farblosen Tropfen aus einer winzigen Öffnung auf der Oberseite heraustropfte. Galeria nahm diese Tropfen auf die Fingerspitze und verteilte sie an ihrem herrlichen Körper – und schon verströmte sie wieder jenen leichten, herben Duft, den ich so betörend fand. Dann zog sie sich rasch an. Als ich noch an meinem Lendengurt herumfummelte, stand die Frau, die wenige Augenblicke zuvor noch in wilder Ekstase unter mir gestöhnt hatte, schon wieder so da, als wäre sie die züchtige Unschuld in Person.

Galeria wartete, bis auch ich wieder in einem halbwegs akzeptablen äußeren Zustand war, dann eilten wir kichernd wie zwei Halbwüchsige zurück. Im Amphitheater herrschte noch immer das Durcheinander einer fröhlichen Schlacht. Der Mimus war wegen des Getümmels für einige Zeit unterbrochen worden, doch gerade sammelten sich die Schauspieler wieder, um weiterzumachen. Die *Familia* des Repentinus war nicht mehr zu sehen. Der Zenturio war noch da, patschnaß, mit einem blauen Auge und angetan mit einer schlecht sitzenden, geliehenen Tunika, doch immerhin wieder sauber. Sein Gesichtsausdruck verriet, daß er am liebsten alle 20.000 grölenden Zuschauer persönlich massakrieren würde.

Galeria und ich drängten uns durch die Menge. Als wir ihre *Familia* erreichten, drückte sie mir noch einmal kurz die

Hand, dann setzte sie sich wieder sittsam neben ihren Vater. Der hatte wegen des herrlichen Durcheinanders Lachtränen in den Augen und schien unsere Abwesenheit gar nicht bemerkt zu haben. Petronia Fortis warf mir schon wieder einen ihrer 'Ich-sehe-ein-Insekt'-Blicke zu, doch da sie mich damit immer beehrte, ließ ich mich nicht weiter davon einschüchtern.

Galeria schenkte mir während der Vorstellung noch ein paar 'zufällige' Berührungen. Schließlich konnte ich es nicht mehr aushalten und flüsterte:

"Wann können wir uns wieder treffen?"

Sie warf mir ein strahlendes Lächeln zu. Es war ein stummer Triumph, der 'Jetzt habe ich dich am Haken!' bedeutete. Ich war glücklich. Galeria ließ mich noch ein paar Augenblicke zappeln, dann beugte sie sich unauffällig nach vorne.

"Du kannst nicht unentdeckt in unser Haus kommen", sagte sie leise und eindringlich, "und wenn ich zu dir gehe, wird es bald die ganze Stadt wissen. Wir müssen uns an einem sicheren Ort treffen."

Ich nickte. Es gibt in jeder richtigen Stadt nur wenige Plätze, wo heimliche Liebespaare zusammen sein können. Die Tempel zum Beispiel, mit ihren Säulenhallen, Innenräumen und heiligen Hainen. Doch in einer so neuen Stadt wie der CCAA gab es keine abgelegenen, vergessenen, schon halb verfallenen Heiligtümer, wie sie für Liebestreffen ideal sind, sondern nur frisch errichtete, tadellos gepflegte Tempel, die an den größten Straßen und Plätzen liegen. Blieb nur noch eine andere Möglichkeit.

"Der Friedhof!" zischte ich. Galeria sah mich entgeistert an. Ich blickte ihr beschwörend in die Augen.

''Das Gräberfeld südlich der Stadt, an der Straße zum Legionslager in Bonna'', flüsterte ich hastig, immer fürchtend, daß Petronia jeden Augenblick unseren heimlichen Dialog unterbrechen könnte.

''Kleine Heiligtümer, Mausoleen, Katakomben – tausend warme, trockene Plätze, an denen wir ungestört sind'', fuhr ich fort. Tatsächlich waren die großen Gräberfelder an der Via Appia bei Rom und an den großen Städten im Osten wie Antiochia oder Alexandria längst nicht nur als Liebesnester begehrt, sondern sogar auch als Wohnquartiere der Ärmsten. 'Bei uns gibt es mehr Lebende als Tote auf dem Friedhof!' sagt man in Rom.

Galeria überdachte meinen Vorschlag, dann warf sie mir ein verschwörerisches Lächeln zu. Sie hatte den Reiz dieser Sache entdeckt.

''Morgen abend nach Einbruch der Dunkelheit, vor dem großen neuen Grabmal des Poblicius!'' flüsterte sie mir zu. Dann warf sie ihren Kopf zurück und lachte laut – wahrscheinlich aus Vorfreude über dieses neue Abenteuer, doch für einen Unbeteiligten sah es so aus, als amüsiere sie sich köstlich über das, was gerade auf der Bühne dargeboten wurde: Ein dicker Gnom mit riesenhaftem Phallus bestieg dort soeben die Ehefrau eines Senators, der aus irgendwelchen Gründen am Kran hing und dem Treiben laut zeternd und hilflos mit den Armen in der Luft rudernd zusehen mußte.

Dann, als der Mimus endlich unter allgemeinem Beifallsgetöse und unter Hochrufen auf Rom, Nerva und Traianus triumphal beendet war, verabschiedete Galeria sich im Gefolge ihres Vaters mit vollendeter Förmlichkeit von mir. Ich sah ihr sehnsuchtsvoll nach, bis sie in ihrer mit weißen und roten Tüchern verhangenen Sänfte verschwunden war.

Morgen abend würde ich sie wiedersehen! Ich schwebte zurück in die Stadt, als würde auch ich auf einer unsichtbaren Sänfte ruhen. Beim 'Haus der Diana' lief ich meiner Vermieterin in die Arme, doch ich war vor Glück so trunken, daß ich sie nur umarmte und ihr einen Kuß auf die Wange drückte. Iulia Famigerata war, vielleicht zum ersten Mal in ihrem Leben, sprachlos und ließ mich ohne Widerstand passieren. Meine Wohnung schien mir mit einem Mal hell und groß wie ein Palast zu sein – und doch nicht groß genug für mich. Ich lief ein paar Augenblicke fröhlich pfeifend durch die beiden Zimmer, dann rannte ich wieder hinunter, um mir eine Amphore guten, teuren Weines aus Chios zu holen. Dann hastete ich wieder hoch und opferte der Venus auf meinem Lararium dankbar eine große Schale dieses wundervollen Getränks und versprach ihr gleichzeitig feierlich, daß sie noch viel mehr davon kosten könne, wenn sie mir auch morgen gnädig wäre. Dann genehmigte ich mir selbst einen ordentlichen Schluck, bis ich, wohlig und überaus selbstzufrieden, irgendwann einschlief. Verständlich, daß ich Hadrianus' Drohung inzwischen so gut wie vergessen hatte.

FRIEDHOFSLIEBE

Am nächsten Morgen wachte ich so fröhlich auf, daß selbst der Nieselregen, der während der Nacht wieder über die Stadt gekommen war, mich nicht deprimieren konnte. Ich warf der kleinen Venusstatue eine Kußhand zu und blickte aus dem Fenster. Die feuchten Dachziegel glänzten in der matten Sonne, so daß die Dächer, blickte man auf sie herab, aussahen wie ein erstarrtes, von Menschenhand geschaffenes Meer. Ein feiner Nebel war aufgekommen, dessen dünne, verwehte Schleier still in den engen Gassen hingen, wie traurige Vorhänge, die vergeblich darauf warten, daß endlich jemand durch sie hindurchschreiten wird. Ein einsames Fuhrwerk rollte die Straße vor dem 'Haus der Diana' hinunter; der Kutscher war ein dunkler Schemen, einem von einer verspielten Katze deformierten schwarzen Wollknäuel ähnlicher als einem Menschen. Das Knirschen der eisenbeschlagenen Räder auf dem Pflaster klang nur gedämpft bis zu mir hinauf. In der Hochstimmung, in der ich mich an diesem Morgen befand, war selbst so eine elende Provinzstadt wie die CCAA an einem trüben Wintermorgen atemberaubend schön und würdevoll.

Galeria! Noch immer hing ein Hauch ihres betörenden Duftes auf meiner Haut. Ich hatte in dieser Nacht von ihr geträumt. Ich würde sie diesen Abend wiedersehen. Tief in meinem Innern gab es neben all der Verliebtheit, Begierde und Fröhlichkeit noch eine kleine Stimme voller Bitternis, die mich mahnte, nicht zu vergessen, wer sie war – und wer ich war. Als mittelloser Freigelassener durfte ich nicht einmal von einer gemeinsamen Zukunft mit ihr träumen. Und doch träumte ich. Statt mir einzureden, daß dies eine aufregende, aber früher oder später zu beendende Romanze sei, hatte ich diffuse, aber äußerst angenehme Bilder von Galeria und mir zusammen in einer luxuriösen Villa im Kopf. *Reiche* Freigelassene, die, wie ich, eine Beziehung zur *Familia* des (zukünftigen) Imperators hatten, konnten sich in Rom fast alles leisten – auch eine Hochzeit mit einer freigeborenen Frau ... Das Problem war also nur, so schnell reich zu werden, daß Galeria nicht ungeduldig oder der Geheimnistuerei überdrüssig wurde.

Neue, ebenso diffuse Bilder zeigten sich in meinem Kopf. Sie hatten alle etwas mit Calpurnius Repentinus zu tun. Wenn ich diesen Mord aufklären könnte, wäre mir Aulus Fortis sehr dankbar, ebenso Hadrianus. Außerdem waren möglicherweise reiche und mächtige Männer in die Sache verwickelt. Wenn ich alles richtig anstellte, wären mir so oder so vielleicht viele einflußreiche Männer zu Dankbarkeit verpflichtet. Meine Tagträumerei ging so weit, daß ich mich schließlich als kaiserlicher Bibliothekar in Rom sah, geehrt von Senat und Volk – vielleicht gar im Senat – und gesegnet mit der reizendsten Gattin des Imperiums, vielen Kindern und einer schönen Sommervilla in Baiae.

Blieb das Problem, daß ich keine Ahnung hatte, wer Repentinus in das Reich der Schatten geschickt hatte, noch, wie man daraus vielleicht den Beginn einer bedeutenden Karriere zimmern konnte. Das einzige, was ich wußte, war, daß ich nur noch fünf Tage Zeit hatte. Gab es bis dahin keinen Schuldigen, den ich Hadrianus präsentieren konnte, dann wurde ich nach Britannien geschickt. Und bei aller Liebe – dahin würde Galeria mir niemals folgen.

Also machte ich mich wieder auf, um die Stadt auf der Suche nach neuen Informationen zu durchstreifen. Mir war vorgestern auf dem *Forum* dazu eine neue Idee gekommen. Und außerdem verging die Zeit bis zum Abend so schneller.

Ich wusch mich hastig am Brunnen im Innenhof unseres Hauses. Ich hielt gerade meinen Kopf unter Wasser, als ich hinter mir eine nur zu vertraute Stimme äußerst unvertraute Sachen sagen hörte.

"Guten Morgen Aelius! Was für ein herrlicher Tag!"

Iulia Famigerata.

Tröpfelnd wie eine lecke Brunnenfigur drehte ich mich um und traute meinen Augen nicht. Meine Vermieterin hatte sich ihre sowieso schon rosigen Wangen mit Zinnoberpulver kräftig rot gepudert, ihren Lippen zu einem glänzenden Kirschrot verholfen und ihren Augen mit Hilfe dunkler Tusche einen kecken Aufschlag nach oben verpaßt. Irgend etwas hatte sie auch mit ihren Haaren angestellt, ich konnte allerdings nicht erraten, ob dies die neueste Mode war oder bloß das Zwischenstadium einer längeren Prozedur, die sie nur meinetwegen unterbrochen hatte. Ich war baß erstaunt und starrte sie an.

"Iulia Famigerata!" entfuhr es mir. Sie mißdeutete meinen Blick und diesen Ausruf, errötete unter ihrer Schminke und öffnete mit einer Bewegung, die wohl beiläufig-grazil wirken sollte, ihre Stola so weit, daß sie mir tiefe Einblicke gewährte.

Ich hatte vollkommen vergessen, daß ich ihr gestern im Überschwang der Gefühle einen Kuß gegeben hatte. Einen gutmütigen, freundschaftlichen Kuß, nichts weiter. Dachte ich. Doch Iulia Famigerata sah mich seit gestern offensichtlich mit anderen Augen. Man mußte nicht besonders klug sein, um zu erraten, daß ich für sie nicht mehr einer ihrer vielen Mieter war, sondern ein hoffnungsfroher Heiratskandidat – wahrscheinlich der einzige weit und breit. Ich hatte ein Problem mehr.

»Große Venus, hilf' mir hier heraus!« flehte ich im Stillen, während ich mir ein gequältes Lächeln und ein unsicheres "Gut siehst du heute aus!" dann ein unschuldiges "Ist heute ein besonderer Tag?" abrang. Meine Vermieterin war offensichtlich enttäuscht, daß ich ihr nicht gleich wieder um den Hals fiel, doch sie versuchte, sich nichts anmerken zu lassen.

"Nein, nein", sagte sie hastig, und ich bemerkte erstaunt, daß eine Matrone wie Iulia Famigerata verlegen wie ein junges Mädchen kichern konnte.

"Ich habe nur heute meine beiden Töchter für ein paar Tage zu meiner Schwester und meinem Schwager aufs Land geschickt, sie haben einen Hof bei Tolbiacum. So habe ich endlich einmal wieder ein wenig Zeit für mich."

»... und für dich«, ergänzte ich bei mir das unausgesprochene, aber durch starkes Klappern der Augenlider überdeutlich gemachte Fazit dieses Satzes. Ihr Götter!

Ich räusperte mich.

"Ich beneide dich darum", begann ich vorsichtig. "Bei mir verhält es sich genau umgekehrt: Über meine Zeit verfügen andere."

So weit, so gut. Noch hatte ich nicht gelogen.

"Ich muß jetzt leider zu den Lagerhäusern. Es geht um wichtige Dinge und möglicherweise auch um viel Geld."

Das war alles in allem immer noch nicht gelogen. Auf Iulia Famigeratas Gesicht zeigte sich zuerst Bedauern, dann, als sie das Wort 'Geld' vernahm, helle Freude. Ich konnte ganz genau erraten, was sie in diesem Augenblick dachte. Sie sah plötzlich keinen zukünftigen Gatten mehr vor sich, sondern einen zukünftigen reichen Gatten.

"Ja, ja", nickte sie eifrig, "Geschäfte sind wichtig."

Es folgte die lange, komplizierte Geschichte eines angeheirateten Cousins, der seine Geschäfte schleifen ließ und so zuerst seine Frau an einen anderen verlor, dann sein Vermögen verspielte und schließlich als Trunkenbold vor den Toren des Legionslagers in Novaesium endete. Dann durfte ich endlich passieren.

"Bis heute abend!" rief Iulia Famigerata mir nach, als ich schon auf der Straße war. Zwei mit Säcken schwer bepackte nubische Sklaven, die zufällig gerade vorbeikamen, hatten noch Kraft genug, mich schadenfroh anzugrinsen. Ich lächelte gequält und winkte. Die Worte meiner Vermieterin waren nicht gerade eine Aufforderung, bei ihr vorbeizuschauen, aber doch eine deutliche Einladung.

Während ich den Decumanus Maximus zum Hafen hinuterlief, überlegte ich mir, wie ich am besten heute abend unbemerkt in meine eigene Wohnung eindringen könnte. Außerdem stellte ich einem der beiden nubischen Träger, die vor mir herliefen, ein Bein, so daß er der Länge nach aufs Pflaster knallte. Dann rannte ich davon, bevor sein Kamerad sich von seinen Lasten befreien und die Verfolgung aufnehmen konnte. In Zukunft würde ich mir von frechen Sklaven nichts mehr gefallen lassen. Noch von Iulia Famigerata. Und auch nicht von Blussus und Mango. Und selbst von Hadrianus nicht. Schließlich war ich der Liebhaber von Galeria Fortis, was also konnte mir jetzt noch passieren? Fröhlich pfeifend erreichte ich den Hafen.

Hier standen die riesigen Lagerhäuser, in denen Getreide, Wein, Öl, Gewürze, Gemüse, aber auch Stoffe, Fässer, Sarkophage aus Arelate, korinthische Säulenkapitelle aus Rom, rohe Bernsteine aus den nördlichen Meeren und in Germanien geschlagene Bäume aufgestapelt waren. Manche Dinge wurden auf dem *Forum* der Stadt verkauft, für andere war dieser kleine, halb verlandete Hafen am Rhein nur die erste Station einer langen Reise hinein ins Imperium, bis sie in Rom, Carthago, Alexandria oder Antiochia verkauft werden würden.

Die Idee war mir auf dem *Forum* gekommen, als ich mich bei den Sklaven über Blussus erkundigt hatte. Jeder konnte ein Gerücht beisteuern, hatte etwas gehört oder einen unbestimmten Verdacht. Das meiste davon war sicherlich Unsinn, und doch ... Alle großen Glashersteller hatten ihre Lagerhäuser am Hafen. Von hier aus gingen ihre Flaschen und Gefäße, Schalen und Pokale entweder mit Pferdefuhrwerken oder mit den trägen, dickbauchigen Lastschiffen den Rhein hoch überallhin ins Imperium. Hier mußten Hunderte von Sklaven arbeiten. Wenn es in der Glasherstellung oder im Handel damit schmutzige Tricks gab, dann würden sie es wissen. Von ihnen, so hoffte ich, würde ich Dinge erfahren, die mir ihre hochgestellten Herren nicht sagen konnten oder wollten.

Ich verließ die Stadt durch ein kleines, in Höhe des *Praetoriums* in die östliche Stadtmauer eingelassenes Tor und betrat die vor der CCAA im Rhein liegende Halbinsel. Es war ein sumpfiges Stück Land, vom großen Strom erst in den letzten Jahrzehnten angeschwemmte Erde. Als man vor einem knappen halben Jahrhundert dieses Nest zur Stadt erhob, wurde das Areal offiziell nicht zum Bau freigegeben, weil der Untergrund noch zu weich war, um viele Häuser und eine Stadtmauer tragen zu können. Doch inzwischen hatte man einige breite, sehr sauber ausgeführte Straßen durch diesen Sumpf gepflastert, so daß auch schwer beladene Ochsenfuhrwerke problemlos bis direkt ans Flußufer zu den dort vertäuten Lastkähnen gebracht werden konnten.

Auch hier wurde gebaut. Wenn es etwas gab, das (neben dem feuchten Wetter) typisch war für die CCAA, dann die Tatsache, daß hier beständig irgendwo ab-, um- oder aufgebaut wurde. Dort, wo die aus dem Osttür führende Straße auf den Rhein traf, hatte der Magistrat erst vor wenigen Jahren ein Schwimmbecken erbauen lassen. Eine klassische

Fehlplanung. Es war ein großes, mit sauber verfugten Steinplatten sorgfältig ausgelegtes Becken, das durch Wasser aus dem Rhein gespeist wurde. Solche Becken, in denen sich die Bürger im Sommer herrlich erfrischen konnten, gab es auch in Rom und Alexandria – dort allerdings war es die meiste Zeit des Jahres warm. Hier in Germanien dagegen war ein offenes, unbeheizbares Schwimmbecken mindestens zehn Monate im Jahr ungefähr so nützlich wie ein Schnupfen.

Also ließ der Magistrat der CCAA gerade für viel Geld alles umbauen und am Rande des Beckens Mauern hochziehen, die später ein gewaltiges Dach tragen würden. Bald hätte diese Stadt die ersten Speicherhäuser im ganzen Imperium mit einem wasserdichten Fußboden.

Daneben standen einige weitere, ganz gewöhnliche Gebäude. Die meisten waren große, lange Hallen auf einem Fundament aus mächtigen Steinquadern. Darauf erhoben sich schlichte Wände aus Holzbalken und getrocknetem Lehm, darüber ein einfaches Dach. Doch ganz am nördlichen Ende der Halbinsel befand sich ein großes Gebäude, das *Horrea Epagathiana* genannt wurde. Es war aus Ziegeln errichtet und sauber verputzt, hatte mit schwarz-weißen Mosaiken ausgelegte Böden, ein solides, schindelgedecktes Dach und auf insgesamt drei Etagen unzählige kleinere und größere Lagerräume. Der Eingang war kein simpler Verschlag wie bei den anderen Hallen, sondern ein säulenflankiertes Portal unter einem marmornen Architrav, auf dem der Name des Besitzers prangte. Epagathius war ein aus Syrien eingewanderter Bürger der CCAA, der dieses luxuriöse – und gut gesicherte – Lagerhaus an alle die Händler vermietete, die besonders teure und empfindliche Waren hatten: Feinste Gewürze, Stoffe, Bernstein, Schmuck, Silber – und Glas.

Calpurnius Repentinus, Blussus und Mango hatten hier alle jeweils mehrere Lagerräume angemietet. Ich besah mir die soliden, im Erdgeschoß fensterlosen Wände und grinste die vier stämmigen, vor dem Portal Wache stehenden ehemaligen Gladiatoren harmlos an. Es war absolut zwecklos, zu versuchen, unerkannt hier einzudringen. Andererseits liefen dort so viele Lastenträger, Magazinverwalter und Schreiber ein und aus, daß es mir sicherlich nicht schwerfallen würde, den einen oder anderen von ihnen unauffällig abzufangen und auszuhorchen. Ich schlenderte zu einer kleinen Garküche hinüber, die einer der beiden Armenier, die ich gestern am Amphitheater gesehen hatte, zwischen zwei der einfacheren Hallen aufgeschlagen hatte. Dort reihte ich mich in die Schlange der hungrigen Arbeiter ein, die geduldig darauf warteten, bis sie an der Reihe waren und Fladenbrot, heiße Maronen oder Hackfleischbällchen bestellen konnten.

Ich kaufte mir einen in ein großes Eichenblatt eingeschlagenen warmen Fleischkloß und machte mich auf die Suche nach einem halbwegs trockenen Sitzplatz. Im Schatten der Außenseite der Stadtmauer gab es eine Art kleinen, einfachen Laubengang: Steinplatten, auf denen roh behauene Baumstämme als Säulen standen, die ein Dach aus Flechtwerk trugen. Der einzige Zweck dieser Galerie schien es zu sein, eine ganze Reihe hier aufgestellter Weihesteine vor Wind und Wetter zu schützen. Ich war nicht der einzige, der sich hier unterstellte, um sein frühes Mittagsmahl zu verzehren.

Ich drängte mich an einer Reihe schmatzender und Wein trinkender Sklaven vorbei, bis ich einen einigermaßen freien Platz vor einem der Weihesteine gefunden hatte, wo ich mich setzte. Es war ein Relief aus Kalkstein von halber Mannshöhe und zeigte eine auf einem hohen Thron sitzende Göttin in einer Muschelarkade. Die streng gekleidete Frau hielt in ihrem Schoß eine Schale, eine weitere, mit Früchten gefüllte stand zu ihrer Linken, zu ihrer Rechten saß ein riesiger Hund. Darunter die Inschrift: 'DEA NEHALENNIAE DACINUS LIFFIONIS FILIUS VOTUM SOLVIT LIBENS MERITO'. 'Dacinus, Sohn des Liffio, erfüllt der Göttin Nehalennia freudig und gern dieses Gelübde.'

Ich hatte noch nie von einer Göttin dieses Namens gehört, doch als ich mich im Laubengang umsah, mußte ich feststellen, daß die meisten Weihegaben ihr geweiht waren – und nicht dem Mercurius, dem Gott des Handels, wie ich es eigentlich vermutet hatte.

Ein älterer Mann, seiner Kleidung und der *Tabula*, die er neben sich auf den Boden gelegt hatte, nach zu urteilen ein Schreiber oder Magazinverwalter, sah mich amüsiert an.

"Gefällt dir der Stein?" fragte er.

"Eine feine Arbeit", antwortete ich vorsichtig. Er lachte.

"Eine solche Antwort will ich dir auch geraten haben, denn ich bin Dacinus, der diesen Stein gespendet hat!"

Ich nannte meinen Namen, sagte aber sicherheitshalber nichts über meinen Auftrag.

"Welche Gunst hat dir die Göttin denn erwiesen?" fragte ich dann interessiert.

"Sie hat mich gesund an Leib und Seele aus Britannien zurückkehren lassen!" antwortete Dacinus feierlich.

Ihr Götter! Schon wieder Britannien! Mein neuer Bekannter sah meinen Schreck, auch wenn er natürlich den wahren Grund für meine Verwirrung nicht erraten konnte.

"Nehalennia ist die Schutzgöttin für alle diejenigen, die sich der gefährlichen Überfahrt nach Britannien aussetzen müssen. Viele Kaufleute und Seemänner fahren von hier aus den Rhein abwärts und dann über das wilde Meer zu dieser Provinz – deshalb siehst du hier so viele Weihesteine ihr zu

Ehren. Meinen habe ich gesetzt, nachdem unser Schiff letztes Jahr in einen besonders schweren Sturm geriet und wir alle schon dachten, daß es aus sei mit uns. Fährst du auch nach Britannien?''

Ich brachte ein gequältes Lächeln zustande.

''Möglicherweise'', preßte ich heraus. Dann kam mir eine Idee.

''Vielleicht werde ich mich dort umsehen, um herauszufinden, welche Verkaufsmöglichkeiten es in Britannien schon für Glas aus der CCAA gibt.''

Dacinus starrte mich plötzlich mißtrauisch an.

''Arbeitest du für Mango?'' wollte er wissen. Ich schüttelte den Kopf. Da entspannte er sich wieder sichtlich.

''Mango ist ein Hund'', zischte er, ''seine Sklaven sind entweder gequälte Kreaturen oder brutale Schläger, die sich alles erlauben. Niemand hier möchte etwas mit ihnen zu tun haben.''

''Calpurnius Repentinus hatte mir eigentlich diesen Auftrag gegeben'', log ich. ''Aber daraus wird ja wohl nun nichts. Vielleicht werde ich mich an Blussus wenden.''

Dacinus lachte.

''Das würde ich an deiner Stelle lieber nicht tun! Repentinus war schweigsam und irgendwie seltsam, aber immerhin zuverlässig. Blussus ist eine feige, hinterhältige Ratte!''

''Wovor fürchtet er sich denn?''

Ich hoffte, daß meine Stimme nicht mehr als rein geschäftsmäßiges Interesse verriet.

''Vor den Schatten der Vergangenheit!'' rief mein neuer Bekannter. ''Und er hat auch allen Grund dazu. Bis vor wenigen Jahren gab es hier noch ein gutes Dutzend großer Glashersteller.'' Dacinus zeigte mit theatralischer Geste auf den Rhein.

''Alle den Bach runter!'' rief er. ''Aufgekauft, ruiniert, aus der Stadt gezogen, bei rätselhaften Unglücksfällen verletzt oder gestorben, einfach weg. Das ging hier wilder zu als im Amphitheater. Und dieser Blussus hat seinen Anteil Leichen im Keller. Vor deren Schatten fürchtet er sich jetzt – und vor den Resten der ruinierten *Familia*e, die noch immer hier in der CCAA ausharren und auf Rache hoffen. Zum Beispiel vor den Nachfahren des Publicius, die ihn am liebsten im Circus den wilden Bären vorwerfen würden."

"Der *Familia* des Poblicius, der sich so ein pompöses Grabmal hat setzen lassen?" fragte ich entgeistert. Der Ort für mein Stelldichein mit Galeria.

Dacinus nickte. "Lucius Poblicius war Veteran der V. Legion und hat mit seiner Entlassungsprämie einen gutgehenden Glashandel aufgezogen. Nachdem er Blussus, der damals noch ein kleines Licht war, einmal zu einem Festmahl eingeladen hatte, wurde er noch am selben Abend krank, siechte eine Woche dahin und starb. Alle Welt munkelte, daß Gift im Spiel gewesen sei. Die Ärzte konnten nichts feststellen. Aber wann können die schon jemals etwas feststellen? Du kannst dir denken, auf wen der stärkste Verdacht fiel."

"Und jetzt ist auch noch Calpurnius Repentinus weg", sagte ich zweideutig.

Dacinus grinste mich an und nickte. "Schön für Blussus. Aber bis jetzt ist ihm noch nie etwas nachgewiesen worden. Und er behauptet steif und fest, daß er niemals jemandem etwas angetan habe, das seien immer nur die anderen gewesen."

"Zum Beispiel Mango?" fragte ich.

Zu meiner Überraschung schüttelte Dacinus den Kopf. "Der kreuzte erst hier auf, als schon fast alles vorbei war. Die anderen waren schon erledigt, jeder hier hatte sich auf einen letzten, großen Zweikampf Repentinus gegen Blussus eingestellt. Doch plötzlich kam dieser Sklavenhändler und mischte das ganze Spiel neu auf. Das hat die beiden anderen ganz schön aus dem Konzept gebracht, vor allem Repentinus. Mango nahm Blussus von Anfang an nicht ganz ernst

– ein großer Fehler, wenn du mich fragst – und hat ihm mehr oder weniger offen den Krieg erklärt. Aber es gibt hier Gerüchte, daß das mit Repentinus anders war. Wenn es stimmt, was man sich so erzählt, dann wollte Mango gar nicht als dritter Gladiator in die Arena steigen, sondern bei Repentinus mitmachen. Er soll versucht haben, sein Teilhaber zu werden. Erst als Repentinus nicht angenommen, sondern ihn wie einen lästigen Steuereintreiber aus seinem Haus geworfen hatte, begann Mango auf eigene Faust. Und dann war es natürlich Repentinus, der ihn so gedemütigt hatte, auf den er am stärksten einschlug.''

Ich plauderte noch eine Zeitlang mit Dacinus, bis dieser sich wieder aufmachte, um in einem der Lagerhäuser irgendwelche Frachtlisten zu überprüfen. Ich wollte ebenfalls schon wieder gehen, als mein Blick noch einmal zufällig auf den Weihestein fiel und mir ein Gedanke kam. Ein Gelübde. Stumm richtete ich ein kurzes Gebet an Nehalennia und versprach der Göttin einen neuen, prachtvollen Weihestein – wenn sie dafür sorgte, daß ich nicht nach Britannien gehen mußte. Erleichtert schlenderte ich danach zurück in die Stadt.

Die verbleibenden Stunden bis zur Dunkelheit verbrachte ich, da ich mich sowieso auf nichts anderes mehr konzentrieren konnte, mit einer sorgfältigen Vorbereitung auf mein heimliches Treffen. Ich ging zum *Forum* und erstand bei einem nubischen Händler einen Kamm aus feinstem Elfenbein mit einer in der Mitte kunstvoll herausgeschnittenen Inschrift: 'MODESTIA VALE', 'Gehe dahin, Bescheidenheit!' Diesen Spruch, voller Ironie und doch wahr, würde Galeria zu schätzen wissen. Dann kehrte ich beim 'Hungrigen Iupiter' ein und aß genug um mich zu stärken, aber nicht so viel, daß ich vor Völlerei träge wurde. Darauf betrat ich die 'Thermen der Sieben Weisen'. Ausgiebige Bäder, Massagen und eine halbe Amphore pflegender und duftender Essenzen brachten meinen Körper in Form. Anschließend besuchte ich die Bibliothek, ignorierte die beiden muskulösen Analphabeten, die hier Dienst taten, und stimmte mich mit der *Ars Amandi* und den *Amores* des Publius Ovidius Naso auch seelisch ein:

'Für die umspannende Hand schienen die Brüste gewölbt.
Glatt der geebnete Bauch, abwärts vom strebenden Busen;
Schlank und erhaben der Wuchs; Hüften wie jugendlich voll!
Doch, was zähl' ich es auf? Untadelig alles erblickte ich,
Drückte die Nackte mir fest gegen den brünstigen Leib.'

Als die Dämmerung einsetzte, hatte auch Iupiter selbst ein Einsehen mit uns. Es gab ein gewaltiges, aber kurzes Gewitter, dann riß der Himmel auf. Die Sonne warf lange, goldene Strahlen auf die Erde, als wäre sie ein gigantisches Windlicht. Auf den Straßen dampfte das verdunstende Regenwasser wie im *Caldarium* der Thermen. Die hohen Tempel wirkten wie große, dunkle steinerne Schiffe, die im Hafenbecken verstreut vor Anker lagen. Dazwischen die Thermen, das *Praetorium*, die vielen Wohnblöcke, gesprenkelt mit einem unregelmäßigen Muster hell erleuchteter Fenster.

Die Straßen lagen jetzt im Zwielicht. Im Nebel der Abenddämmerung hatten sich alle Farben in verschiedene Schattierungen von Blau und Grau verwandelt. Unter den Laubengängen, die die Straßen säumten, in schmalen Gassen, Einfahrten, unter Architraven war es schon fast vollständig dunkel. Ich mußte mir bei einem Stand neben den Thermen eine Fackel kaufen, um mir den Weg auszuleuchten. Ich war noch nicht weit gegangen, als ich wieder umkehrte und noch eine zweite erstand – zur Sicherheit, denn ich würde diese Nacht lange auf den Beinen sein.

Noch waren überall auf den größeren Straßen Menschen zu sehen: Schemen, die gleich dunklen Todesboten eine schwächliche Fackel vor sich her trugen; laut klappernde Fuhrwerke, deren Kutscher ihre Esel oder Ochsen mit knallenden Peitschen antrieben, damit sie die Tore passierten, bevor diese für die finstersten Nachtstunden geschlossen wurden; verhangene Sänften, begleitet von Trupps aus ein, zwei Dutzend schweigender Sklaven, so daß sie aussahen wie eine kleine Prozession. Ich gelangte an das Fußgängertor, das neben dem großen Tor auf der Straße nach Bonna in die Stadtmauer eingelassen war und verhandelte kurz mit dem Legionär, der hier Wache schob. Ein paar Sesterzen wechselten unauffällig von meiner in seine Hand, dann konnte ich sicher sein, daß er später Galeria und mir auf ein vereinbartes Klopfzeichen hin das Tor öffnen würde, so daß wir auch mitten in der Nacht wieder in die CCAA zurückkehren konnten. Dabei war er so gleichmütig, daß ich sicher war, daß er andauernd von heimlichen Liebenden für diesen Dienst bestochen wurde.

Dann stand ich auf dem Gräberfeld, das sich längs der breiten, gepflasterten Straße nach Süden erstreckte. In der Dämmerung wirkte die Totenstadt wie ein verkleinertes Abbild der lebendigen: dunkle, kleine, geduckte Schatten, die Wohnblöcke bildeten, Tempelchen, Miniaturpaläste, Denkmäler, Siegessäulen. Es waren die Mausoleen und Familiengruften, die hoch aufgerichteten Gedenksteine, die flachen, schlichten Gräber der Armen. Doch wir Römer erlauben unseren Toten eine Freiheit, die wir uns als Lebende versagen: Ihre Behausungen stehen nicht auf festgelegten, rechtwinkligen Grundstücken inmitten eines strengen, geraden Straßengitters wie unsere, sondern verteilen sich ungeordnet über das freie Feld längs unserer größten Straßen. So fanden sich auch Armengräber neben prachtvollen Mausoleen, Weihesteine mit Legionären in voller Rüstung standen neben solchen, aus denen zwei friedliche Kinderköpfe herausmodelliert waren, reiche Witwen ruhten ebenso würdevoll wie Pferde und Hunde, die die Lieblinge vermögender Schnösel gewesen waren. Manche Grabmäler hatten ihre prachtvolle Frontseite der Straße zugekehrt, andere dem Rhein, wieder andere waren streng nach Himmelsrichtungen ausgerichtet – und wieder andere verzichteten auf jeden äußeren Pomp, obwohl sie sehr groß waren. Schlichte Türen aus Bronze oder Eichenholz verschlossen die Zugänge zu Gruften und Katakomben, die in ihrem Innern wahrscheinlich verschwenderisch ausgestattet waren.

Aus dieser Totenstadt ragte das Grabmal des Poblicius auf wie der Leuchtturm aus Alexandria. Auf der Grundfläche eines bescheidenen Zimmers erhob sich ein Monument, so hoch wie ein dreistöckiges Haus. Ein aus schweren Quadern bestehender, von fein kannelierten Pilastern flankierter Block trug einen kleinen, reich dekorierten Tempel. Dort stand in der Mitte die Statue des toten Lucius Poblicius in der wallenden Toga des würdevollen römischen Bürgers. Ihm zur Seite hatte der Bildhauer bereits seine Frau, seinen Sohn Modestus und seine Tochter Paulla in ebenso prachtvollen Posen dargestellt – obwohl sich die drei, soweit ich wußte, noch bester Gesundheit erfreuten. Wir Römer sind praktisch veranlagte Menschen, die die Dinge des Jenseits gerne geregelt haben, bevor sie mit ihm in Berührung kommen.

Das Grabmal des Poblicius war nicht nur das mit Abstand höchste auf dem Friedhof, es stand auch recht nahe an der Stadtmauer, so daß Galeria es unmöglich verfehlen konnte. Meine Geliebte war noch nicht da, also leuchtete ich mit der Fackel die Umgebung aus, um sicherzugehen, daß wir keine unangenehme Überraschung erleben würden, dann studierte ich amüsiert die hastig hingeschmierten oder sorgfältig eingeritzten Inschriften, die den Sockel des großen Grabmals dutzendfach zierten. Das meiste war natürlich das übliche Liebesgestammel, wie man es an jedem Ort findet, der heimliche Paare anzieht. Mir verging aber das Lachen, als ich auch ein paar andere Parolen entdeckte. 'Blussus war's!' stand da etwa, oder, eine regelrechte Elegie der Rache: 'Poblicius wird mit Bacchus und Pan im Reigen der ewigen Freude tanzen, doch Blussus' Schatten wird dereinst von Charon nicht einmal in den Hades eingelassen und muß ewig spuken!' Die meisten derartigen Sprüche zielten auf den keltischen Glashersteller, doch an einer Ecke hatte eine ungelenke Hand auch hingeschmiert: 'Fragt doch mal Repentinus, wie es wirklich gewesen ist!'

Ich rätselte gerade über die Bedeutung dieses Satzes, als ich hinter mir Schritte und dann die lieblichste Stimme des Imperiums hörte:

"Einen schönen Platz hast du dir ausgesucht für Eros' Treiben, Aelius!"

Ich fuhr herum, umarmte Galeria und küßte sie leidenschaftlich. Dann erst bemerkte ich, daß wir nicht allein waren. Eine stämmige, vielleicht fünfunddreißig Jahre alte, strohblonde Germanin stand, eine Fackel in der Hand, nur zwei Schritte neben uns und blickte uns verschwörerisch an. Erschrocken und verlegen drückte ich Galeria von mir. Sie sah mich erstaunt an, drehte sich dann um und lachte.

"Das ist Uta!" rief sie. "Du kannst ihr vertrauen. Sie war einst meine Amme und ist jetzt meine Leibsklavin. Sie gehört genauso zu mir wie meine Hände oder Füße. Du hast doch wohl nicht ernsthaft erwartet, daß sich eine sittsame Tochter aus gutem Hause wie ich allein nachts durch die halbe Stadt bis auf den Friedhof schleicht?"

Eigentlich hatte ich genau das erwartet. Erst jetzt dachte ich daran, daß das natürlich gefährlich und auffällig gewesen wäre. Also machte ich gute Miene zum bösen Spiel und nickte Uta freundlich zu.

''Herzlichen Glückwunsch, Herr!'' antwortete sie lachend.

Galeria küßte mich wieder leidenschaftlich, als wenn ihre Sklavin so augenlos wäre wie die Gräber, die uns umgaben.

''Nun mein Geliebter, wie hast du die langen, quälenden Stunden verbracht, bis du mich wieder in den Armen halten konntest?'' fragte sie dann lächelnd.

''Ich habe eine Göttin verehrt, deren Namen ich vorher noch nie gehört hatte, dann habe ich die Thermen beehrt und mich anschließend voll Vorfreude in die Lektüre des Ovidius vertieft'', antwortete ich. ''Und ich habe an dein wundervolles Haar gedacht.''

Ich überreichte ihr mit theatralischer Geste den Elfenbeinkamm. Galeria lachte hell, steckte sich ihn erfreut in ihre Locken und sah sich dann betont aufmerksam um.

''Wo?'' fragte sie kichernd.

Ich verstand sofort. Ich dachte an ein Mausoleum, dessen Tor zum trockenen Gedenkraum im Innern bereits von früheren Liebespaaren, Wohnungslosen oder Grabräubern aufgebrochen worden war, doch Galeria zeigte nach oben.

''Auf dem Grabmal des Poblicius?!'' fragte ich entgeistert.

''Warum nicht?'' lachte sie. ''Zwischen den Statuen der würdigen *Familia* ist sicherlich genügend Platz, trocken ist es in diesem Tempel auch, ungestört sind wir da sowieso – und wenn ich dich schon auf einem Friedhof lieben muß, dann dort, wo es noch niemand getan hat!''

Schönen Frauen erfüllt man jeden Wunsch, vor allem, wenn es der nach einem Liebeslager ist. Also schickten wir Uta zu einer Baustelle ein paar hundert Ellen weiter südlich, auf der anderen Seite der Straße nach Bonna. Hier wurde gerade ein prachtvolles Mausoleum errichtet. Die Sklavin kam nach wenigen Augenblicken mit einer grob zusammengehauenen Holzleiter wieder, die sie von dort weggenommen hatte. Ich kletterte als erster die wackelige Konstruktion hinauf, dann half ich Galeria. Uta hatte ein Bündel, das sie bis jetzt über der Schulter getragen hatte, zu uns hinauf geworfen. Es enthielt ein großes Kissen und mehrere dicke Wolldecken.

"Nimm die Leiter weg!" flüsterte Galeria ihrer unten am Sockel wartenden Sklavin zu. "Ich rufe dich, wenn wir wieder hinunter wollen."

Dann drehte sie sich zu mir um, lächelte verführerisch, löschte die Fackel und sagte:

"So, und jetzt will ich sehen, was du bei Ovidius gelernt hast!"

Wenn mir jemand ein paar Tage zuvor prophezeit hätte, daß ich die schönste Liebesnacht meines Lebens auf dem Grabmal eines möglicherweise an Gift gestorbenen Legionärs verbringen würde, dann hätte ich ihm wahrscheinlich ein paar sehr unfreundliche Worte gesagt. Mindestens. Doch als wir nach sehr langer Zeit endlich wieder nach Uta riefen, schwebte der glücklichste Mann des Imperiums die wackelige Leiter hinab. Galeria und ich waren so satt vor Glück, daß wir uns nur ansahen und schwiegen. Eng umschlungen gingen wir durch die Gräberreihen zurück zur Stadt, die Sklavin mit einer Fackel zwei Schritte voraus.

Am Tor ließ uns der Wächter ohne Zögern ein. Ich begleitete Galeria noch ein Stück den Cardo Maximus hoch, doch sie wollte nicht, daß ich bis in die Nähe ihrer *Villa* kam. Wir mußten schon so darauf achten, daß uns keiner der seltenen nächtlichen Spaziergänger erkannte, und meine Geliebte wollte nicht, daß ihr Ianitor sie oder mich entdeckte. Als wir deshalb den weitläufigen, dunklen Komplex der Ara

Ubiorum passiert hatten; verabschiedete ich mich von ihr.
"Sehen wir uns morgen wieder?" flüsterte ich. "Zur gleichen Zeit am gleichen Ort?"
Sie lachte.
"Ich werde da sein!" versprach sie. Dann wurden Galeria und Uta zu zwei dunklen, Fackeln tragenden Schatten, die eilig durch die Laubengänge davonstrebten, bald nur noch als Lichtpunkte an einer entfernten Straßenecke zu sehen waren und schließlich verschwanden.

Genau in diesem Augenblick krachte etwas gegen meinen Schädel. Lichtpunkte explodierten in meinem Kopf, feurige Kreise, kleine Vulkane. In mir dröhnte es fürchterlich, alles drehte sich im Kreise, und im nächsten Moment schlug ich der Länge nach auf das harte Steinpflaster des Laubenganges auf.

Meine Fackel war davongeflogen und lag ein paar Ellen entfernt am Boden, wo sie ihr flackerndes Licht auf den Rinnstein und zwei Säulen warf. Ich wollte schreien, doch aus meinem Mund kam nur ein langgezogenes, unmenschlich klingendes Stöhnen. Irgend etwas stimmte mit meinen Augen nicht, ich konnte meinen Blick nicht mehr klar auf den Dreck auf dem Boden vor mir heften, alles bestand nur noch aus grotesken, wabernden Schemen. Dann erblickte ich einen Schatten, der sich nicht sofort wieder auflöste.

Es war ein Mann, die Kapuze seines dunklen Mantels tief im Gesicht, mit einem Knüppel in der Rechten. Jetzt beugte er sich zu mir hinab – wahrscheinlich dachte er, daß er mir bereits den Schädel eingeschlagen hätte. Ich nahm alle meine Kraft zusammen und trat blindlings zu.

Mein Fuß traf den Mann am linken Knie. Er schrie auf, mehr vor Überraschung als aus Schmerz, der Knüppel entglitt seiner Hand, und er kippte nach hinten um. Ich rappelte mich auf. In meinem Kopf pochte das Blut. Meine Sinne schwanden wie Wasser aus einem undichten Faß. Mühsam torkelte ich weg von meiner Fackel, hinein in den nächsten nachtschwarzen Schatten. Hinter mir hörte ich das grausame metallische Geräusch, das ein Schwert macht, das man aus der Scheide zieht.

Die *Ara Ubiorum* liegt im Herzen der CCAA und ist schon von Augustus gestiftet worden, als dieses Nest noch ein bloßes Legionslager war. Das größte römische Heiligtum in den beiden germanischen Provinzen, ein riesiges, von Säulengängen begrenztes Geviert, mit einem weiteren, halbmondförmigen Säulengang im Innern, der sich um einen großen marmornen Altar mitten auf dem Platz rankt. Dazu zwei Basiliken an der dem Rhein zugewandten Seite, die jetzt wie künstliche schwarze Felsen aufragten. Ein pompöser Platz, einer für offizielle Paraden, Truppenaufmärsche, Opfer, Rituale – und jetzt in der Nacht windig, verwirrend und sehr, sehr einsam.

Ich kauerte mich im Schatten einer Säule zusammen und versuchte, so geräuschlos wie möglich zu atmen. Vor mir lag der große Platz, umgeben von unübersichtlichen Säulengängen. Mit dem Rücken drückte ich mich gegen die Mauer der nördlicheren der beiden Basiliken. Ich blickte nach oben. Halbmond. Sein knöchernes Licht spiegelte sich im glänzenden Relief der Steinplatten, dazwischen Zonen blauschwarzer Schatten. Eine Ratte huschte über den Platz. Ich konnte sie nicht nur sehen, sondern auch ihre trippelnden Schritte hören, ihr Fiepen. Und dann gab es da plötzlich die Geräusche von Schritten eines Mannes, der irgendwo dort vor mir durch die Schatten schlich.

Wer immer dort auf mich lauerte, in meinem derzeitigen Zustand hatte ich keine Chance, ihm einfach davonzulaufen.

Ich mußte mich verstecken, langsam wegschleichen. Ich sprang in den Schatten der nächsten Säule. Sofort hörten seine Schritte auf – jetzt lauschte er. Mein Kopf war wie der Amboß für einen unsichtbaren, gnadenlosen Hammer. Blut lief mir über die Augen. Mir wurde schlecht, doch ich wußte, wenn ich mich übergab, würde ich mich verraten, also zwang ich diesen Anfall mit aller Kraft nieder.

Dann wieder Schritte. Was würde mein Gegner vermuten? Daß ich die *Ara Ubiorum* so schnell wie möglich verließ, mich über das *Forum* und die angrenzenden Straßen auf kürzestem Wege zu meiner Wohnung durchschlug. Hoffte ich. Wann immer ich jetzt seine Schritte hörte, sprang ich deshalb ein, zwei Säulenschatten weiter – zurück Richtung Süden, dorthin, wo ich hergekommen war. Das Geräusch seiner Schritte schien mir jetzt leiser, seine Suche zielloser zu sein. Schließlich hatte ich die Straße erreicht, die südlich parallel zum Decumanus Maximus am Rand des Heiligtums verläuft und 'Straße des Marstempels' genannt wurde. Ich holte tief Luft, dann sprang ich aus der Deckung des Säulenganges quer über den Streifen Mondlicht, bis ich am gegenüberliegenden Ende im Schatten des Laubenganges verschwunden war. Nichts.

Ich taumelte den Gang in westlicher Richtung hoch, bis ich ein schwarzes Gebirge aus Ziegeln und Marmor erreichte: die 'Thermen der Sieben Weisen'. Noch immer keine Schritte. Ich hatte ihn abgehängt. Erleichtert lehnte ich mich an die Wand der Thermen und schöpfte Atem, bis ich wieder einigermaßen zu Kräften gekommen war. Meine Kopfwunde hatte aufgehört zu bluten, doch mein Schädel dröhnte noch immer unerbittlich. Mühselig, immer wieder auf verdächtige Geräusche lauschend, kämpfte ich mich auf Nebenstraßen näher zum 'Haus der Diana' heran. Endlich hatte ich meine Straße erreicht, konnte schon das Haus sehen. Da waren plötzlich wieder Schritte hinter mir – keine zögernden, suchenden diesmal, sondern die zum Angriffssprung ansetzenden eines Mannes, der lief.

Wäre ich nicht so benommen gewesen, hätte ich daran natürlich denken können: Als der Unbekannte meine Spur in der *Ara Ubiorum* verloren hatte, war er auf direktem Wege zum 'Haus der Diana' geschlichen und lauerte mir nun hier auf. Ich rannte los, halbblind und mit den Armen in der Luft rudernd, um mein Gleichgewicht zu halten. Es war, als wäre einer dieser Alpträume Realität geworden, in denen man vor etwas Schrecklichem fliehen will und läuft und läuft und doch nicht von der Stelle kommt. Es waren nur noch ein paar Ellen bis zum Stiegenhaus, als ich stolperte und aufs Pflaster fiel. Ich wußte, ich würde nicht mehr rechtzeitig hochkommen. Verloren.

Doch plötzlich war da ein flackerndes, gelbes Licht im Eingangsportal. Ein Ruf, der so laut in meinem Schädel widerhallte, daß ich nichts verstand. Zwei kräftige Füße in lose gebundenen Sandalen vor meinen Augen. Und das Geräusch von Schritten eines Mannes, der wegläuft. Mühselig drehte ich meinen Kopf nach oben.

"Aelius Cessator!" dröhnte die Stimme über mir.

"Iulia Famigerata", stöhnte ich.

Zwei kräftige Hände packten mich und zogen mich in eine große Wohnung, wuschen meine Wunde aus und legten mir einen Kopfverband an. Dazu eine dröhnende Stimme, die tausend lange, komplizierte Dinge sagte, von denen ich nichts verstand. Wein an meinen Lippen, heiße Brühe. Dann endlich Kissen, Decken, ein weiches Lager, Ruhe und Schlaf. So landete ich am Ende dieses Tages tatsächlich in Iulia Famigeratas Bett – wenn auch in einem ganz anderen Zustand, als sie sich das gedacht hatte.

Ein Verdacht

Ein alter, aber blitzblank polierter Legionärshelm stand auf einem kleinen hölzernen Schrank, ein über die Jahre trotz unzähliger Einfettungen schwarz und rissig gewordener lederner Brustpanzer hing an der Wand, darunter ein alter *Gladius* und, über Kreuz angenagelt, zwei bronzene Beinschienen. Diese und noch einige weitere Relikte von Iulia Famigeratas verstorbenem Gatten sah ich, als ich mit hämmerndem Schädel erwachte. Meine Vermieterin hatte die Kopfwunde ausgewaschen und verbunden, war aber züchtig genug gewesen, mich nicht zu entkleiden – oder sich gar neben mich ins Bett zu legen. Ich hatte Zeit genug, langsam wieder einen klaren Geist zu bekommen.

Wer immer mir gestern abend aufgelauert haben mochte – diesmal war es kein Anfänger gewesen. Nur weil mir irgendwo auf dem Olymp wahrscheinlich eine halbe Legion hilfreicher Götter beigestanden hatte, war ich überhaupt mit dem Leben davongekommen. Aber wieso konnte mich der Unbekannte schon an der Ara Ubiorum erwischen, unmittelbar, nachdem ich mich von Galeria und ihrer Sklavin verabschiedet hatte? Das bedeutete, daß er mich heimlich beschattet hatte und zuschlug, sobald es keine Zeugen mehr gab. Hatte er sich erst an meine Fersen geheftet, als ich wieder mit meiner Geliebten durch das Stadttor schlüpfte? Oder hatte er mich vielleicht schon den ganzen Tag über verfolgt? Hatte er gesehen, wie ich mich an den Lagerhäusern herumtrieb, dann zum *Forum*, zum Essen und in die Thermen ging, war er schließlich stummer Zeuge meines heimlichen Liebestreffen gewesen? Irgendwo in der CCAA lief ein

Mann herum, der mich ermorden wollte – und der jetzt auch wußte, daß ich ein verbotenes Verhältnis mit Galeria Fortis hatte. Gut möglich, daß auch sie jetzt in höchster Gefahr schwebte. Ich mußte an das Schicksal des alten Glasbläsers Diatretus denken.

Sollte ich meine Geliebte warnen, ihr raten, heute abend nicht zu unserem Treffpunkt zu kommen? Ich konnte nicht unauffällig in die *Villa* der *Familia* Fortis gelangen, geschweige denn, dort allein mit ihr reden. Und eine schriftliche Nachricht, überbracht von einem Boten? Aber wer sollte das sein, und durch wie viele Hände würde diese verräterische Notiz wandern, bevor sie, wenn überhaupt, Galeria erreichte?

Das *Forum*. Ich mußte dorthin und mich umhören. Vielleicht gab es Gerüchte, undeutliche Informationen, Zweideutigkeiten. Und wenn ich dort Uta treffen könnte, gäbe es eine Möglichkeit für mich, Galeria zu warnen.

Als ich, noch immer etwas wackelig auf den Beinen, mühsam ins Nebenzimmer torkelte, blickte Iulia Famigerata auf, die gerade wie besessen einen Tisch abwischte, der meiner Meinung nach schon vollkommen blank gewienert und staubfrei war.

"Aelius!" rief sie – allerdings nicht mehr ganz im Ton einer verliebten Frau, die soeben ihren Traummann erblickte. Ich hatte mein Spiegelbild bereits in ihrem Schlafzimmer in einer polierten Eisenplatte gesehen. Ich sah fantastisch aus: Eine Platzwunde in Form einer Daumenkuppe thronte auf einer schillernden, blauroten, taubeneigroßen Beule schräg über meinem rechten Auge. Hätte ich noch viele Haare, wäre es vielleicht möglich gewesen, sie durch einen schmissigen Lockenwurf halbwegs zu verdecken – so aber ...

''Was ist passiert?'' fragte meine Vermieterin besorgt.

Ich hielt es begreiflicherweise für wenig sinnvoll, sie über alle Details des gestrigen Abends zu informieren, sah stattdessen die unverhoffte Chance, einen Teil des zu guten Eindrucks, den ich bei ihr unbedachterweise gemacht hatte, wieder zu ruinieren.

''Ich bin in eine Schlägerei in einer Taverne hineingeraten'', log ich. Mit erwünschter Wirkung.

''Ah, eine Tavernenschlägerei'', sagte meine Vermieterin spitz. ''Dann würde ich dir doch raten, in deine Wohnung zu gehen und dich noch ein wenig zu erholen.''

Darauf folgte die lange, komplizierte Geschichte mehrerer Freunde ihres verstorbenen Gatten, die während ihrer Dienstzeit in Schlägereien hineingeraten und deren teils fürchterliche Folgen zu ertragen hatten. Verständlich, daß sie mich auch an ihren Mann erinnerte, der in einer Taverne von einem jähzornigen Gallier mit Hilfe eines Brotmessers entleibt worden war. Dann konnte ich endlich gehen.

Ich dachte gar nicht daran, mich in meine Wohnung zu verkriechen, obwohl ich zugeben mußte, daß dieser Gedanke einiges für sich hatte. Doch ich hatte nur noch vier Tage, um Repentinus' Mörder zu finden. Und denjenigen, der mir aufgelauert hatte – und mir vielleicht jetzt jeden Abend auflauern würde, bis er mich oder ich ihn erledigt hätte.

Meine Nachforschungen auf dem *Forum* wurden durch mein demoliertes Gesicht nicht gerade erleichtert. Alle Leute wollten etwas von mir wissen (wer mir dieses 'tolle Ding verpaßt' hatte, wie es ein alter ehemaliger Gladiator bewundernd nannte), während ich doch eigentlich etwas von ihnen erfahren wollte. Den halben Tag verbrachte ich dort – und war am Ende kaum klüger als zuvor.

Uta war nicht dagewesen, so daß ich keine Möglichkeit hatte, Galeria zu warnen. Ich würde, wie vereinbart, heute abend zum Grabmal des Poblicius kommen müssen. Allerdings trug ich jetzt Schwert und Schlagring griffbereit unter meinem Mantel. Über die meisten der Kandidaten, die nach meiner Meinung für den gestrigen Anschlag in Frage kamen, konnte ich nichts Brauchbares erfahren. Allerdings schien Mango bereits gestern Mittag seine *Villa* verlassen und erst heute morgen (schwer betrunken) wieder betreten zu haben. Kein Sklave, den ich unauffällig aushorchte, konnte sagen, wo er wohl die Nacht verbracht haben mochte. Außerdem sagte mir ein Küchenmädchen aus der *Familia* des Repentinus in empörtem Ton, daß der Verwalter Salvius die ganze Nacht nicht in seinem Zimmer gewesen war. Aber damit wollte sie wahrscheinlich nur andeuten, daß er diese Zeit in einem anderen Zimmer verbracht hatte – dem seiner Herrin natürlich. So werden Gerüchte gepflegt. Andererseits war es natürlich nie völlig auszuschließen, daß jeder nur dachte, daß Salvius bei Marcia Repentina sei, während er in Wirklichkeit durch die dunklen Straßen der CCAA schlich ...

Am frühen Nachmittag gab ich es auf. Zwischen meinen Ohren schien beständig ein durchgedrehter Hornissenschwarm hin und her zu dröhnen, und die beeindruckend schillernde Beule war inzwischen so weit angeschwollen, daß sie mein rechtes Auge zudrückte. Ich brauchte dringend jemanden, der die Wunde wieder auswusch, schmerzlindernde Salben auf die Schwellung strich, meine Stirn massierte und mein ramponiertes Selbstbewußtsein wieder aufrichtet, kurz: Ich brauchte Lubentina.

Ich schlich mich zu dem Anwesen, in dem Balbilla zur Zeit wohnte. An der hinteren Pforte tat ein alter Ianitor Dienst, den man hierhin abgeschoben hatte, weil ihm niemand mehr zutraute, etwas Sinnvolleres zu tun. Jeder hier hielt ihn für einen ausgemachten Trottel.

``Aelius!'' rief er, als er mich erblickte. Meine beeindruk-
kende Beule schien er nicht zu bemerken – oder sie für so normal zu halten, daß es sich nicht lohnte, darüber ein Wort zu verlieren. Ich mochte ihn deshalb sehr gerne.

``Kann ich zu Lubentina?'' zischte ich verschwörerisch.

Er sah hoch zum trüben Himmel, bis er die etwas hellere Stelle entdeckte, hinter der sich wahrscheinlich die Sonne verbarg.

``Früher Nachmittag'', brummte er, ``da müßte sie eigentlich schon wach sein.'' Dann ließ er mich ein.

Lubentina war die einzige Frau, die ich kannte, in deren Zimmer zwei große Betten standen. Beide verschwanden fast unter unzähligen bunten Kissen und Decken. Das eine war ihr allseits gerühmtes Liebesnest, das andere ihr allerprivatestes Reich. Im einen hatte sie schon unzähligen Männern (und einigen Frauen) das höchste Glück dieser Welt geschenkt, das andere teilte sie mit niemandem. Selbst ich, der zu den wenigen Priveligierten zählte, die sie nach genossenem Liebesakt nicht freundlich, aber bestimmt, aus dem Zimmer schickte, hatte im strengen Wortsinne nie mit ihr geschlafen. Denn nachdem sie mir ihre Gunst gewährt hatte, gab sie mir einen Abschiedskuß und verschwand in ihrem eigenen Bett, während ich allein im Liebesnest zurückbleiben mußte. Einmal, am Anfang unserer sehr speziellen Beziehung, wollte ich mich mitten in der Nacht heimlich zu ihr legen, doch sie bestrafte mich mit einer schallenden Ohrfeige, Schimpfwörtern, die ich nicht wiederzugeben wage und einem Monat Liebesentzug.

Als ich jetzt eintrat, saß Lubentina auf einem bequemen, dick gepolsterten Stuhl vor einem Spiegel aus massivem Silber und kämmte sich ihr langes, blauschwarzes Haar.

``Du siehst großartig aus!'' rief ich.

Sie drehte sich um und sah mich gelangweilt an. Komplimente wie dieses hörte sie ein paar Dutzend Mal pro Tag. Sie war Ende Zwanzig und sah nicht gut, aber verführerisch aus: große, feste Brüste, eine schmale Taille, ein ausladendes Becken. Alles an ihr war üppig, ihr bis auf die drallen Pobacken herunterwallendes Haar, ihre vollen, sinnlichen Lippen, ihre schweren Augenlider, die ihr immer einen etwas schläfrigen, gelangweilten, dekadenten Gesichtsausdruck verliehen. Es gab Männer (die vernünftigen, welterfahrenen), die Lubentina keines Blickes würdigten – und solche wie mich (die Trottel), auf die ihre üppigen Formen, ihre seltsame Mischung aus Vulgarität und Intelligenz, wie ein Schlauch besten sizilianischen Weines auf einen rettungslosen Trinker wirkten.

‘‘Wer hat dir denn dieses schöne Diadem auf die Stirn gesetzt?’’ fragte Lubentina. Sie klang so gleichmütig, als wäre ich, erstens, erst gestern das letzte Mal bei ihr gewesen und würde, zweitens, jeden Tag mit einer solchen Blessur durch die Gegend laufen.

‘‘Danke, daß du dir um mich so viele Sorgen machst’’, antwortete ich und ließ mich erleichtert auf das Bett fallen – das erlaubte.

Lubentina lächelte geschmeichelt, stand mit der Grazie eines stolzen Panthers auf, kramte in den Dutzenden von Glas- und Tonfläschchen, die vor ihrem Spiegel standen, und brachte mir dann schließlich ein Fläschchen aus grünem Glas.

‘‘Das hilft’’, sagte sie sachlich, tröpfelte ein wenig der darin enthaltenen Flüssigkeit auf ihre Handflächen und rieb sie mir vorsichtig in die Stirn. Was immer es war – es roch so scharf nach Kampfer, daß mir die Augen tränten. Doch meine Haut brannte zuerst, wurde dann aber angenehm kühl.

"Herrlich!" stöhnte ich befriedigt auf. Ich spürte, wie der Druck auf meinem rechten Auge nachließ, die Schwellung zurückging und sich wie ein Vorhang vor meinem Blick hob.

"Ich kann wieder sehen!" rief ich betont theatralisch, machte Lubentina aber durch Gesten gleichzeitig klar, daß sie gerne mit ihrer Massage fortfahren dürfe. Für einen kurzen Augenblick überlegte ich mir, die Gunst des Augenblicks zu nutzen und mich von ihr auch noch auf ganz andere Weise verwöhnen zu lassen, doch dann dachte ich an Galeria und nahm mir vor, jetzt kein charakterschwacher Lüstling zu sein.

Lubentina schien meine Gedanken lesen zu können. Nach einer Weile hörte sie mit ihrer Massage auf und sah mich mit einem Ausdruck an, der auf ihrem blasierten Gesicht dem von echtem Erstaunen am nächsten kam.

"Was ist bloß los mit dir, Aelius?" fragte sie. "So lange ich dich kenne, war ich die einzige, die dir jemals einen Schlag verpaßt hat – du weißt, warum. Und jetzt siehst du aus wie ein Gladiator, der es gerade noch mal geschafft hat. Dafür bist du nun schon eine halbe Stunde bei mir und hast noch nicht einmal versucht, mir unter die Stola zu greifen. So kenne ich dich ja gar nicht. Hat dieses Ding an deiner Stirn deine Seele verwirrt?"

"Ich bin ernsthaft verliebt", antwortete ich stolz.

"Es hat deine Seele verwirrt", sagte Lubentina sachlich. "Wer ist die Unglückliche? Gibt es irgendeine Möglichkeit, wie ich sie warnen kann?"

Ich lachte. "Lubentina, du baust mich so auf wie keine andere Frau!" rief ich.

"Ihr Götter! Was sagen dir dann erst die anderen Frauen?" versetzte sie. Dann schenkte sie mir einen ihrer langen, schläfrig-verführerischen Blicke. "Nun erzähl' schon!" forderte sie mich auf.

Irgendwie konnte ich vor Lubentina keine Geheimnisse haben. (Und ich vermutete, daß ich auch in dieser Hinsicht unter ihren Männern eher zur Regel als zur Ausnahme gehörte. Irgendwann würde Lubentina genug Geschichten gehört haben, um das ganze Imperium erpressen zu können.) Ich erzählte ihr von dem Mord an Repentinus und daß ich der Unglückliche sei, der, Hadrianus sei Dank, diese Sache aufzuklären habe. In den nächsten vier Tagen.

"Weiß ich schon", entgegnete sie gelangweilt. "Einer der Schreiber deines ehemaligen Herren schaut in letzter Zeit öfter mal bei mir vorbei."

Ich hatte mir längst abgewöhnt, auf Lubentina eifersüchtig zu sein. In allen Einzelheiten erzählte ich ihr, was ich bis jetzt unternomen hatte. Berichtete von der *Familia* des Repentinus, von Salvius, von Blussus und Mango, sogar auch von Iulia Famigerata und ihrer überraschenden Begeisterung für mich, von Diatretus und seinem plötzlichen Tod. Dann gab ich mir einen Ruck und gestand Lubentina auch mein Verhältnis zu Galeria, die Art, wie wir uns kennengelernt und wiedergetroffen hatten. Anschließend schilderte ich den letzten Abend.

"Liebe auf dem Grabmal des Poblicius, wie phantasievoll", sagte Lubentina versonnen, als ich fertig war.

"Du solltest mich auch mal gelegentlich dorthin mitnehmen, Aelius."

Ich starrte sie an. "Das ist dein einziger Kommentar?" rief ich. "Ich wäre gestern abend beinahe erschlagen worden, doch das einzige, was dir dazu einfällt, ist eine Bemerkung zu meinem Liebeslager! Große Venus, erweise mir die Gnade und verschwinde für einen einzigen, winzigen Augenblick aus Lubentinas Seele und laß sie auch mal an etwas anderes denken als an die Liebe!"

Sie lächelte mich geschmeichelt an, als hätte ich ihr soeben ein großes Kompliment gemacht.

"Was willst du denn von mir hören?" gurrte sie. "Ein schönes Zitat von Homer?"

Ich grinste sie an. Lubentina verfügte über eine Bildung, mit der sie die meisten der eingebildeten Schnösel der großen Bibliothek von Alexandria hätte beschämen können, auch wenn mir ewig rätselhaft blieb, wann und wie sie sich diese angeeignet hatte.

"Ein kleiner Ratschlag von einer Frau voller Lebenserfahrung tut es auch", antwortete ich.

"Vergiß Galeria und heirate Iulia Famigerata", sagte sie trocken. Ich wäre beinahe von ihrem Bett gekippt. An ihrem Tonfall erkannte ich, daß Lubentina es ernst meinte. Trotzdem rief ich:

"Mach keine Witze!"

Sie lächelte mich an.

"Aelius Cessator, du bist der unpraktischste Mann, den ich kenne. Wahrscheinlich habe ich deshalb eine Schwäche für dich. Kein Freigelassener, der seine Sinne noch alle beieinander hat, läßt sich mit einer reichen Tochter wie Galeria ein. Willst du, daß ihr Vater dahinterkommt, wie du seine einzige Tochter entehrst? Er würde irgendeinen Vorwand finden – am besten eignen sich für so etwas Majestätsbeleidigungen oder abartige religiöse Praktiken – und dich verhaften, foltern und anschließend hinrichten lassen. Und kein Freigelassener", sie hob ihre Stimme, um meinen Einwand zu unterbinden, "der seine Sinne noch alle beieinander hat, würde sich eine Chance wie Iulia Famigerata entgehen lassen. Du wärest mit einem Schlag ein vermögender Mann."

"Hör' auf zu phantasieren!" rief ich ärgerlich. "Ich muß Hadrianus in vier Tagen den Namen des Mörders nennen, sonst bin ich ein armer, frierender Schreiberling in Britannien."

Sie warf mir einen langen Blick zu. ''Täte dir vielleicht ganz gut'', entgegnete sie. ''Außerdem könnte dich Iulia Famigerata die paar Tage, die Traianus und sein Gefolge noch hier sind, sicher irgendwo verstecken. Und wenn dann erst der alte Nerva abgekratzt und Traianus sein Nachfolger ist, wird kein Mensch mehr an dich denken. Du wärest ein angesehener Bürger der CCAA.''

''Iulia Famigerata ist häßlich!'' meinte ich entschieden.

Lubentina zuckte die Achseln. ''Na und? Du hast gesagt, sie habe zwei halbwüchsige Töchter.''

Ich starrte sie empört an. ''Man kann nicht gerade behaupten, daß eine tadellose Moral deine größte Stärke sei'', stammelte ich.

Sie lachte. ''Wenn ich ein moralisches Mädchen wäre, säßest du jetzt nicht hier, um mir deine Probleme zu erzählen!''

''Trotzdem funktioniert es nicht'', sagte ich entschieden. ''In der Stadt gibt es jetzt einen Mann, der es auf mich abgesehen hat! Selbst wenn ich mich überwände und Iulia Famigerata heiratete – was ich nie tun werde! –, müßte ich immer davor Angst haben, daß man mir irgendwo und irgendwann einmal den Schädel einschlägt – und zwar gründlicher als letzte Nacht!'' Ich saß mit hängendem Kopf da.

''Wie konnte er mich bloß an der *Ara Ubiorum* abpassen?'' murmelte ich. ''Er muß mir den ganzen Tag über gefolgt sein und auf seine Gelegenheit gelauert haben. Und ich Idiot habe nichts bemerkt! Niemand wußte, daß ich mich abends mit Galeria treffen wollte!''

Lubentina sah mich mitleidig an. ''Zumindest Galeria wußte es ja wohl auch'', entgegnete sie sarkastisch. ''Und ihre Sklavin, diese Uta. Und irgend jemand wird diese beiden netten Früchtchen nach ihrem Liebesabenteuer mit diesem trotteligen Bibliothekar auch wieder in die *Villa* eingelassen haben. Du hast mir tausend tolle Vermutungen über Mango und Blussus, Repentinus' Witwe, ihren versoffenen Sohn und ihren nicht mehr so heimlichen Liebhaber Salvius erzählt, aber nichts über Aulus Fortis – abgesehen davon natürlich, daß du dich in seine Tochter verguckt hast.''

Ich starrte Lubentina fassungslos an. ''Aulus Fortis? Galeria?'' stammelte ich. ''Lubentina, wenn du damit wirklich andeuten willst, daß ...'' begann ich energischer – und hielt dann einfach die Luft an. Natürlich war es möglich. Vielleicht war ich gestern tatsächlich gar nicht verfolgt worden. Der Unbekannte könnte an der *Ara Ubiorum* auf mich gelauert haben, weil er wußte, daß ich dort vorbeikommen würde. Die Information könnte ihm Uta gegeben haben. Oder sonst jemand aus der *Familia* des Aulus Fortis. Oder Galeria.

Bis jetzt war ich meistens, wenn ich Lubentinas Zimmer verließ, aus naheliegenden Gründen äußerst selbstzufrieden und glücklich gewesen. An diesem Tag schlich ich davon wie ein geprügelter Hund – obwohl die Beule auf meiner Stirn, dank ihrer vortrefflichen Massage, längst keine spektakuläre Größe mehr hatte.

Aulus Fortis. Er hatte, neben dem bedauernswerten Salvius, den größten Schaden durch den Tod des Repentinus, deshalb hatte ich mir eingeredet, daß er auf keinen Fall der Täter sein konnte. Während ich gleichzeitig Salvius, den dieser Mord immerhin die eigene Freiheit gekostet hatte, weiterhin zum Kreis der Verdächtigen zählte. Der wahre Grund war natürlich Galeria. Wer würde schon den Vater der begehrenswertesten Frau des Imperiums mit mißtrauischen Gedanken behelligen? Wer würde überhaupt noch irgendeinen Gedanken an den Vater verschwenden, wenn er mit einer solchen Frau das Glück erlebte?

Aber würde Galeria nicht mit Empörung reagieren, wenn sie bemerkte, daß ich ihren Vater verdächtigte? Oder auch ihre ehemalige Amme Uta, die ihr vielleicht näher stand als ihre eigene Mutter? Wenn ich mich bei meinen Nachforschungen dumm genug anstellte, würde ich Aulus Fortis – der den stärksten Druck bei den Ermittlungen ausübte und den größten Einfluß bei Hadrianus hatte – verärgern und vielleicht sogar seine Tochter verlieren. Ich mußte sehr vorsichtig sein.

Die Bibliothek der 'Thermen der Sieben Weisen'. Aulus Fortis war, das wußte ich, ein regelmäßiger Besucher – wie allerdings fast alle bessergestellten Bürger der CCAA. Calpurnius Repentinus hatte kurz vor seinem Tod mindestens zwei Schriftrollen aus mir noch unerfindlichen Gründen an bestimmten Stellen markiert. Gab es da eine Verbindung? Hatte Aulus Fortis ihn vielleicht auf etwas hingewiesen, das Repentinus schließlich den Tod brachte – vielleicht ohne daß Fortis das ahnte?

Also ging ich wieder in die Thermen, verzichtete auf die Bäder und fragte stattdessen die beiden erschreckend dämlichen Muskelberge aus. Nichts. Aulus Fortis sei so oft hier, daß sie sich unmöglich an einen ganz bestimmten Tag erinnern könnten. Allerdings seien Repentinus und Fortis nie gemeinsam in der Bibliothek gewesen. Ich wollte gerade entnervt aufgeben und hinausstürmen, als ein neuer Besucher in den Raum trat: Salvius.

Er starrte mich überrascht an.
"Was machst du hier, Herr?" fragte er.
"Was machst du hier?" entgegnete ich.
"Ich wollte mir alle Schriften über Verwaltung und Landwirtschaft ansehen, vor allem den Cato", sagte er unsicher. "Wir wollen auf einigen unserer Landgüter im nächsten Frühjahr ein paar neue Saaten ausprobieren, andere Anbautechniken und ähnliches, du verstehst." Ich ver-

stand. Salvius war kein guter Schauspieler. Selbst die beiden debilen Muskelpakete neben mir konnten wahrscheinlich ahnen, daß das eine glatte Lüge war. Die jahrhundertealten fiesen kleinen Tricks des alten Cato sollten plötzlich einen erfahrenen Verwalter in Germanien interessieren?

"Morgen werde ich zu unserem Landgut nach Tolbiacum hinausfahren, Herr", ergänzte Salvius unsicher, weil er offensichtlich bemerkte, daß mir seine Geschichte nicht gerade glaubhaft vorkam. "Und welches Werk hat dein Interesse geweckt?" fragte er dann, wahrhscheinlich, um mich abzulenken.

Ich grinste ihn an. "Tacitus", meinte ich lakonisch, "und Suetonius. Ihre Bemerkungen zu Vitellius und der CCAA sind wirklich interessant."

Auch das saß. Salvius schien betroffen zu sein – wenn ich auch den seltsamen Verdacht hatte, daß ihn meine Eröffnung eher erleichterte als beunruhigte.

"Es scheint, daß auch dein alter Herr kurz vor seinem Tode diese Werke sehr geschätzt hat", sagte ich in möglichst unverfänglichem Ton.

Der Sklave nickte langsam. "Ja", entgegnete er zurückhaltend, "davon habe ich gehört. Ich weiß aber leider nicht, warum er sich ausgerechnet dafür so sehr interessiert hat", setzte er auffällig hastig hinzu, "vielleicht war es der Bürgerstolz. Welche Stadt kann sich schon damit rühmen, daß in ihren Mauern ein Imperator ausgerufen worden ist?"

"Einer, den man ein paar Wochen später auf den Straßen Roms elendig abgestochen hat", versetzte ich sarkastisch.

Salvius lächelte dünn. "Die Götter waren ihm nicht hold", meinte er zweideutig. "Er verließ den ehrenhaften Platz, den sie ihm zugewiesen hatten, um noch höher hinauszukommen und nach dem Höchsten zu greifen. Die Unsterblichen sehen solchen vermessenen Ehrgeiz selten gerne." Ich hatte das untrügliche Gefühl, als redete Salvius da nicht über Vitellius, sondern über mich.

"Ich werde meinen Laren eine Schale Wein opfern, damit sie mich vor solch todbringendem Ehrgeiz bewahren", antwortete ich.

Er lachte. "Vergiß' bei diesem Opfer deine kleine Venus nicht!" rief er. Dann verabschiedete sich Salvius und verließ eilig die Bibliothek. Er machte nicht einmal den Versuch, nach Cato major oder einem der anderen Schriftsteller zu suchen, die er angeblich hier lesen wollte. Nachdenklich sah ich ihm nach. Ich betrachtete diese schmächtige Gestalt und fragte mich, ob sie, eingehüllt in einen dunklen Mantel, die Statur von dem Schemen haben konnte, der mich gestern abend angefallen hatte.

In der zweiten Tageshälfte war es fast frühlingshaft warm geworden. Die Luft war diesig, der Himmel hatte eine Farbe irgendwo zwischen weiß und bleigrau, doch es war so mild, daß man auch mit unbedeckten Armen nicht mehr fror. Als es dämmerte, wartete ich, zwei Fackeln offen in der Hand, Schwert und Schlagring versteckt unter dem Mantel, am Grabmal des Poblicius. Ich hatte bereits wieder die Leiter von der Baustelle geholt und an den Sockel gelehnt.

Meine Geduld wurde nicht lange strapaziert. Galeria und ihre Sklavin kamen die Straße zwischen den Grabsteinen hinab, als es richtig dunkel geworden war. Ich küßte meine Geliebte. Sobald ich sie in meinen Armen spürte, fiel alles Mißtrauen sowie die ganze Anspannung und das Knäuel aus Verdächtigungen und Gerüchten von mir ab. Was konnte mir schon passieren, solange eine Frau wie Galeria sich mir hingab? Uta lächelte mich an, als sie mir meine Fackeln abnahm, bevor ich, diesmal hinter Galeria, die Leiter hochstieg.

Oben, bewacht von den würdigen, strengen Statuen des Lucius Poblicius und seiner ehrenwerten *Familia*, trieben wir es so wild und unzüchtig, daß Bacchus und seine tolldreisten Jünger sicherlich ihre Freude an uns gehabt hätten. Später lagen wir, verschwitzt und außer Atem, glücklich auf unserem improvisierten Deckenlager und lächelten uns selig an. Doch schließlich berührte Galeria ganz vorsichtig meine trotz Lubentinas vortrefflicher Behandlung noch immer nicht zu übersehende Beule und fragte mich besorgt danach. Davor hatte ich mich schon die ganze Zeit gefürchtet. Noch kannte ich meine Geliebte kaum, doch schon mußte ich sie anlügen.

"Ich bin gestern nacht auf der steilen Treppe vor meiner Wohnung gestolpert und einige Stufen hinuntergeknallt", sagte ich so beiläufig wie möglich. "Wahrscheinlich war ich noch trunken von dir!" Galeria lachte, küßte mich und sorgte dann dafür, daß ihre treue Uta unten noch einige Zeit länger auf uns warten mußte.

Als ich schließlich vom Grabmal herunterstieg, war ich wieder der glücklichste Mann im Imperium. Und genau dort, mitten auf der wackeligen Holzleiter, Galeria noch über mir, die feixende Uta am Boden, stellte ich fest, was für ein kompletter Idiot ich war. Ich rief etwas Unartikuliertes und schlug mir vor die Stirn. Ich hatte allerdings meine Beule vergessen. Ich rief wieder etwas Unartikuliertes, diesmal vor Schmerz, und wäre beinahe von der Leiter gestürzt.

"Fällst du eigentlich nach jeder Liebesnacht von Leitern und Treppen?!" lachte Galeria über mir.

"Salvius!" rief ich.

Galeria stieg die Leiter vorsichtig herunter und sah mich, immer noch lächelnd, mit gespielter Besorgnis an.

"Aelius, ist dir nicht gut?" Ich schüttelte den Kopf. Dann erzählte ich ihr von meinem Treffen mit dem Verwalter heute in der Bibliothek der Thermen. "Als wir uns verabschiedeten, sagte er scherzhaft zu mir: 'Vergiß deine kleine Venus nicht!' Er meinte die Venus-Statuette, die bei meinen Laren steht. Aber woher kann er von ihr wissen?! Ich bin absolut sicher, daß ich ihm nie davon erzählt habe. Und eingeladen habe ich ihn erst recht nicht, noch sonst jemanden aus der *Familia* des Repentinus."

"Also?" sagte Galeria, jetzt ernst und aufmerksam.

"Also", antwortete ich, "bedeutet das, daß Salvius meine Wohnung von einem heimlichen Besuch her kennt!" Ich erzählte ihr von dem Zettel mit der dämlichen Notiz 'IN VINO VERITAS', den ich bei mir gefunden hatte.

"Salvius hat das Ding bei mir plaziert. Ich habe immer noch keine Ahnung, was diese Nachricht eigentlich bedeutet – doch an die Handschrift erinnere ich mich noch gut. Die schöne, gleichmäßige Schrift eines geübten Schreibers. Salvius ist Verwalter. Ich kenne seine Handschrift nicht, aber es würde mich nicht überraschen, wenn sie verblüffende Ähnlichkeit mit der auf diesem Zettel hätte!"

Galeria schüttelte verwundert den Kopf. "Warum hat er bloß so etwas getan? Meinst du, daß er auch Repentinus' Mörder war?"

Ich lächelte grimmig. "Wenn er es nicht war, dann hat er einige Schwierigkeiten, mir sein Verhalten der letzten Tage zu erklären!" rief ich. "Ich werde morgen zur Villa des Repentinus gehen und ihn mir noch mal vornehmen – wenn ich ihn dort noch erwische, denn der Kerl hat heute etwas davon gefaselt, daß er nach Tolbiacum müsse."

"Nach Tolbiacum?!" rief Galeria. Sie schien sehr erstaunt zu sein.

"Auf die Landgüter der *Familia*", antwortete ich düster. "Wenn sie groß genug sind, kann er sich da bequem so lange verstecken, bis Traianus fortzieht und meine Nachforschungen damit beendet sind." Und mich Hadrianus nach Britannien schickt – aber das verriet ich meiner Geliebten jetzt lieber noch nicht.

''Aber'', meinte Galeria verwundert, ''Repentinus hat doch nie irgendein Landgut bei Tolbiacum gehabt.''

Ich brachte Galeria und ihre Sklavin wieder bis zur Ecke der Ara Ubiorum und beobachtete, wie sie im Netz der Straßen verschwanden. Dabei hatte ich meine Rechte möglichst unauffällig unter meinen Mantel geschoben und den *Gladius* so leise es ging gezogen. Halb erwartete ich danach wieder eine Attacke. Nichts geschah. Ich drückte mich unauffällig an die Wand der Basilika, so tief hinein in den Schatten wie es ging, und sah mich um. Da ein Schemen. Und noch einer. Und noch einer. Ich hielt mein Schwert abwehrbereit hoch. Nichts. Der eine Schemen entpuppte sich als streunende Katze, die beiden anderen als Illusion meiner überreizten Nerven. Ich lauschte. Keine Schritte, kein Atem, keine verdächtigen Geräusche.

Vorsichtig machte ich mich auf den Weg, überrascht vom Lärm meiner eigenen Schritte und überzeugt davon, daß mein wild pochendes Herz die halbe Stadt aufwecken müßte. Nichts. Ich bog schließlich in die Straße ein, die zum 'Haus der Diana' führte. Ein einsamer Betrunkener torkelte laut singend unter dem rechten Laubengang hinab. Eine Falle? Ich hielt mich zehn Schritt hinter dem Betrunkenen und stoppte, wenn er es tat (um zu pinkeln oder gegen diverse Hauswände zu kotzen). Der Säufer torkelte am 'Haus der Diana' vorbei (und hinterließ dort glücklicherweise keine seiner sehr persönlichen Markierungen), ich hinterher, hinein ins Portal, die Stiege hoch – und war sicher in meiner Wohnung.

Drinnen opferte ich den Laren eine Schale Wein, der kleinen Venus eine weitere. Ich nahm die Statuette hoch und küßte sie.

''Große Venus'', flüsterte ich, ''du hast Salvius verraten.''

Tolbiacum

Noch drei Tage. Sobald es dämmerte, verließ ich das 'Haus der Diana' und rannte die Straßen hinunter, bis ich die *Villa* des Repentinus erreicht hatte. Der ältere Ianitor, verschlafen und deshalb noch mürrischer als beim letzten Mal, ließ mich nur widerwillig eintreten.

''Die Herrin ruht noch'', grummelte er. ''Und wenn du meinen jungen Herren sprechen willst, dann solltest du besser am frühen Abend wiederkommen. Vorher wird er sicherlich nicht aus seinem Rausch aufwachen.''

''Ich will Salvius sprechen, sofort!'' herrschte ich ihn an.

Der Alte sah mich höhnisch an. ''Der ist schon fort. Er wollte nach Tolbiacum, etwas erledigen – das hat er zumindest gesagt.'' Ich ließ den Ianitor ein paar Kostproben meines schönen Repertoires obszöner Flüche hören, die ich größtenteils Lubentinas Gesellschaft verdankte. Dann drehte ich mich um und ging in würdiger Ruhe hinaus. Doch sobald das Portal hinter mir wieder zugeschlagen war, rannte ich wie von Furien gehetzt los. Das *Praetorium*!

Bei der Garde des Traianus würde ich vielleicht ein schnelles Pferd bekommen, mit dem ich Salvius noch einholen konnte, denn der hatte sicherlich nicht mehr als eine halbe Stunde Vorsprung. Doch im *Praetorium* mußte ich mich zunächst in der Wache bei einem Soldaten melden. Der war müde und mürrisch. (Es nieselte wieder einmal aus einem Himmel, der aus einer einzigen, grau-zerschlissen wirkenden Wolke bestand – vielleicht erklärte das die allgemeine Unfreundlichkeit an diesem Tag. Außerdem war es natürlich noch unzivilisiert früh, vor allem für Ianitoren, Legionäre und andere aufgeblasene Türsteher der Macht.) Ich trug meine Bitte vor – eilig und nicht ganz höflich, wie ich leider zugeben muß. Der Legionär starrte mich an, drehte sich um und rief etwas nach hinten in die Wachstube. Ein zweiter Soldat erschien, über dessen Stimmung ich mich nicht weiter auslassen muß.

''Dieser Freigelassene da möchte ein Pferd aus dem Stall des Traianus'', nuschelte der erste dem zweiten zu.

Der wußte offensichtlich nicht, ob er sich totlachen oder mich niederbrüllen sollte – oder ob es nicht doch vielleicht ratsam wäre, meinen Wunsch zu erfüllen. Er tat, was alle ratlosen Untergebenen in solchen Situationen tun: er holte seinen Vorgesetzten. Es dauerte endlos, bis endlich ein Dekurio erschien. Er war der erste Mensch heute morgen, der mir nicht mürrisch gegenübertrat – doch sein lauerndes Feixen gefiel mir auch nicht besser. Ich stöhnte auf. Salvius könnte auf einem Bein nach Tolbiacum hüpfen, er wäre angekommen, noch bevor es mir überhaupt gelungen wäre, hier ein Pferd zu bekommen!

Wieder mußte ich dem Dekurio meine Bitte in allen Einzelheiten vortragen. Als ich gebürend herausstellte, daß ich den Befehl zur Untersuchung des Mordes von Traianus persönlich bekommen und auch Hadrianus starkes Interesse an dem Fall gezeigt hatte, verging ihm sein Grinsen. Er dachte nach. Das dauerte.

''Gut'', sagte er schließlich, ''bringt ihm Agrippina!''

Jetzt war es der zweite Legionär, der gemächlich zu den Ställen ging – und feixte. Kein Wunder, denn Agrippina war eine Stute, die wahrscheinlich nur deshalb noch im Stall des *Praetoriums* stand, weil sich kein Abdecker mehr gefunden hatte, der sie kaufen wollte. Ich besah mir den mageren, hochbeinigen braunen Klepper und starrte dann den Dekurionen an.

“Meinst du wirklich, daß ich mit der überhaupt bis Tolbiacum komme?” fragte ich wütend.

“Es ist einen Versuch wert”, antwortete er bedächtig. Dann reichte er mir einige Blatt Papyrus: Bestätigungen, Quittungen, Passierscheine und andere Formalia. Einige waren für das Archiv des *Praetoriums* bestimmt, andere hatte ich bei mir zu führen – und alle mußte ich unterzeichnen, anschließend versiegelte er sie.

Als ich endlich die CCAA auf einem Pferd verließ, das so außergewöhnlich häßlich und langsam war, daß die Bauern vor den Stadttoren sich umdrehten und mir unschöne Sachen zuriefen, wußte ich, daß ich Salvius nie und nimmer auf dem Weg nach Tolbiacum würde einholen können. Andererseits bezweifelte ich keinen Augenblick, daß ich ihn dort treffen würde. Ich glaubte nicht, daß er mir und dem Ianitor Tolbiacum zwar genannt, sich aber doch woandershin abgesetzt haben könnte. Er hatte mir das gestern in der Bibliothek der Thermen bloß gesagt, um mich dorthin zu locken. Vielleicht war das eine Falle. Er würde mich dort erwarten – und hatte dank des elenden Gauls, dem man wie zum Hohn den Namen einer Kaiserin gegeben hatte, nun auch genügend Zeit, dort alles vorzubereiten, was auch immer es sein mochte. Andererseits konnte ich nicht einfach kneifen. Mir lief die Zeit davon, ich mußte Salvius um jeden Preis stellen.

Tolbiacum war ein Städtchen an der großen Straße nach Gallien sechzehn Meilen südwestlich der CCAA, unmittelbar vor den Bergen, die zwischen Germanien und Gallien liegen. Die Straße war schnurgerade und gut ausgebaut, Agrippina trottete von alleine voran, ließ sich aber durch keine Drohung, Götterbeschwörung oder sonstige Anstrengung meinerseits zu so etwas wie einem schnellen Trab hinreißen, von Galopp ganz zu schweigen. Nach ungefähr drei Meilen ging es eine kleine Anhöhe hinauf, und der Gaul wurde so langsam, daß ich befürchtete, jeden Augenblick von einem kollabierenden Pferd zu stürzen. Doch danach war die Landschaft wieder eben, und es ging besser voran.

Auf den ersten Meilen lagen längs der Straße Gräberfelder, ein paar Schmieden und andere Handwerkshäuser sowie zwei oder drei Landgüter hinter ausgedehnten Feldern. Bauern waren unterwegs, Marktfrauen, berittene Boten, Sänftenträger, ein paar mit Äxten und Sägen beladene Sklaven, die im Wald Holz einschlagen mußten.

Doch nach ein paar Stunden wurde es einsam um mich. Zweimal sah ich die Ruine eines niedergebrannten Hauses neben der Straße – die letzten, schauerlichen Erinnerungen an die Eburonen, einen Germanenstamm, der einst hier gewohnt, den unser großer, vergöttlichter Iulius Caesar aber ausgelöscht hatte. Viele ihrer alten Landsitze verfielen, wir Römer drängen uns lieber in unseren Städten. Dunkle Wälder aus Eichen, Buchen, Fichten und Tannen säumten die Straße, dazwischen Wiesen, auf denen sich zu dieser Jahreszeit nicht eine Blume zeigte. Ich zählte die Meilensteine, die wir passierten. Ungefähr nach der Hälfte der Strecke führte eine kleine steinerne Brücke über einen Fluß. Hier rastete ich und ließ Agrippina trinken. Sie soff so gierig, als wäre sie mit mir soeben durch die große Wüste Numidiens galoppiert.

Es war so einsam, daß ich mich beinahe zu Tode erschreckte, als vier Soldaten der I. Legion an mir vorbeigaloppierten.

"Wie weit ist es noch bis Tolbiacum?" schrie ich ihnen hinterher.

"Wenn du dich von deinem Pferd tragen läßt, dann bist du in einer Woche da! Wenn du dein Pferd trägst, dann vielleicht schon heute abend!" grölte einer der Legionäre zurück. Toller Witz. Der Nieselregen war entnervend. Ein richtiger

Regen prasselt herunter, schlägt einem auf Kopf und Gesicht, macht Lärm, kurz: ist etwas Handfestes. Doch diese Dicker-als-Nebel-Brühe war irreal. Ich ritt und ritt und stellte irgendwann fest, daß ich bis auf die Haut naß war. Mein Mantel war so schwer vor Feuchtigkeit, als wäre ich mit ihm in einen Fluß gesprungen, der *Gladius* zeigte erste Spuren von Rost und ich merkte, wie ich einen Schnupfen bekam – doch das alles, ohne daß ich einen einzigen richtigen Tropfen auf der Haut gespürt hätte. Endlich, die frühe Dämmerung zauberte ein paar matte zartrosa Farbspiele an den Westhimmel wie längst verblichene Wandmalereien, die Berge schimmerten schon als drohender, blaugrauer Gürtel am Horizont, und Agrippinas Kraft sowie meine Geduld waren restlos erschöpft, lag Tolbiacum vor uns.

Wenn die CCAA ein elendes Provinznest ist, dann ist Tolbiacum ... nun ja, so etwas ähnliches wie das Ende der Welt. Zumindest der römischen. Zumindest auf den ersten Blick. Drei, vier Gutshöfe, alle ein paar hundert Ellen links oder rechts neben der Straße, daneben ein bescheidenes Gräberfeld. Dann trafen sich auf der Kuppe einer kleinen Anhöhe fünf Straßen, dort hatte sich ein Platz gebildet, an dem eine Schmiede stand, eine große Herberge, ein paar niedrige Wohnhäuser, zwei Läden, ein kleiner Tempel, das bescheidene Lager für die wenigen Legionäre, die hier stationiert waren – und eine kleine Thermenanlage. Ich war gerettet. Wo auch immer Salvius hier auf mich lauern sollte, ich mußte erst einmal im Gasthaus einen Happen essen und anschließend in den Thermen ein heißes Bad nehmen.

Die Herberge war ein L-förmiger Gebäudekomplex, wobei der lange Teil durch Ställe, eine Wagnerei und eine Schmiede eingenommen wurde. Ein Ochsenkarren stand da, zwei in Decken gehüllte, satt und zufrieden aussehende Pferde, sowie ein Maultier. Hier war nicht gerade viel los –

aber wer reiste auch schon mitten im Winter durch die nördlichen Provinzen des Imperiums?

Ich betrat das schmalere, zweistöckige Gebäude, nachdem ich meine Agrippina einem mißbilligend den Kopf schüttelnden Stallknecht zur Obhut übergeben hatte. Im Erdgeschoß lag ein großer Schankraum – ein überraschend prunkvoller obendrein. Sein Boden bestand aus einem großen schwarz-weißen Mosaik, das in verschiedenen kleinen Szenen Venus und Amor, zwei Ringkämpfer und zwei Tänzer zeigte, dazu die Inschrift: 'ALEXANDER HELIX'. Ich fragte mich gerade, wie es einen hellenischen Schankwirt bis hierhin verschlagen haben könnte, als ein riesiger blonder Germane hinter dem Tresen hervorkam und mich so überschwenglich begrüßte, wie alle Wirte überall im Imperium ihre einzigen Gäste willkommenheißen.

''Salve Herr!'' rief er erfreut. ''Ich bin Alexander Helix. Möchtest du Speis und Trank? Und vielleicht auch ein Zimmer für die Nacht? Wir haben oben ein paar kleine Räume, ruhig und sauber, allein – oder in Gesellschaft.'' Er lächelte schmierig. Jeder Gasthof im Imperium, der etwas auf sich hält, ist gleichzeitig auch ein Bordell.

Ich verzichtete darauf, den Germanen zu fragen, wie er an seinen griechischen Namen kam, bestellte stattdessen dankbar Wildschweinlende, Fladenbrot, Dörrobst und Wein und sagte, daß ich mir das mit dem Zimmer noch überlegen wolle. Das kam schließlich auf Salvius an.

Da ich der einzige Gast war, gab es keinen Zecher, den ich unauffällig nach Salvius aushorchen konnte. Ich mußte mich also an Alexander Helix halten und beschloß, meine Informationen durch einen Frontalangriff zu bekommen.

''Ich habe mich hier mit einem Freund von mir verabredet'', begann ich, dann beschrieb ich Salvius. ''Ist er vielleicht schon eingetroffen?''

‘‘Ach du bist das!’’ rief daraufhin der Wirt zu meiner alles andere als gelinden Überraschung, ‘‘er hat schon von dir erzählt.’’

‘‘Was erzählt?’’ fragte ich verblüfft und leicht alarmiert.

‘‘Na, daß er dich hier erwartet’’, antwortete Alexander Helix beflissen. ‘‘Dein Freund kam heute nachmittag auf dem Maultier an, das du im Stall sehen kannst. (Ein Maultier! Meine Agrippina ist sogar von einem Maultier abgehängt worden! Ich sollte sie im *Circus* bei den Wagenrennen anmelden – als langsamstes Pferd aller Zeiten bekäme sie vielleicht einen Ehrenpreis oder so etwas ähnliches.) Er ist in den Thermen, um sich zu entspannen.’’ Der Wirt kratzte sich plötzlich am Kopf.

‘‘Jetzt, wo du mich darauf bringst, Herr, fällt mir auf, daß er schon seit Stunden dort sein muß. Ungewöhnlich.’’

‘‘Dann will ich ihn doch mal besuchen’’, sagte ich leichthin und fragte mich dabei insgeheim, wieso Salvius ausgerechnet in den Thermen auf mich lauerte – und wie ich mein *Gladius* unbeobachtet in das Badehaus schmuggeln könnte.

‘‘Das freut mich, Herr. Selbsverständlich stehen dir meine Thermen offen!’’

Hätte ich mir denken können. In einem Dorf wie Tolbiacum sind die Thermen nie öffentlich – ich würde Alexander Helix dafür bezahlen müssen. Da kam eine ganz schöne Rechnung zusammen. Wirt, Zimmervermieter, Zuhälter und Thermenbesitzer am einzigen Rastplatz in vielen Meilen – das war wie eine Lizenz des Imperators, Goldmünzen zum eigenen Vergnügen zu schlagen.

Zwischen Herberge und Thermen lag nur ein kleiner, an den beiden freien Seiten durch Säulengänge eingefaßter quadratischer Hof. Wir gingen durch den linken Säulengang, vorbei an einer schauderhaft schlechten Caesarstatue in einer Nische, bis mir der Wirt die Tür zum Umkleideraum der Thermen öffnete.

''Ich muß zurück in den Schankraum'', sagte er entschuldigend, ''aber du findest dich ja sicher selbst zurecht. Es sind zwei Sklaven im Keller, die die Öfen so lange warmhalten werden, wie du und dein Freund es wünschen.'' Dann verbeugte er sich und verschwand.

Ich war erleichtert. Im Umkleideraum war nur ein einziger Haken mit der zusammengerollten Kleidung eines Mannes belegt – der des Salvius, nahm ich an. Außer uns war also kein anderer Gast hier, der Wirt war verschwunden, die Sklaven schufteten irgendwo in abgetrennten Räumen, um genügend heiße Luft von Holzkohlenfeuern durch die Hypokaustenheizung zu jagen. Welche Verschwendung! Denn ich hatte jetzt keineswegs mehr vor, mich im Tepidarium zu entspannen. Und ich war ziemlich sicher, daß auch Salvius kein Bedürfnis nach einem Bad hatte.

Ein seltsamer Ort für ein solches Duell! Die Thermen waren einfach, fast primitiv. Das Gebäude war langgestreckt und nur so hoch wie ein bescheidenes Landhaus. Keine Raffinesse in der Anordnung der Räume, Frigidarium, Tepidarium und *Caldarium* lagen, nur durch dicke, gelb verputzte Ziegelwände voneinander getrennt, hintereinander. Ich zog meinen *Gladius*.

Das Frigidarium war ein kahler, quadratischer Raum. In der Rückwand war eine große Nische eingelassen, in der eine steinerne Badewanne mit eiskaltem Wasser stand. Viel simpler geht es nicht. Der Raum war leer.

Vorsichtig öffnete ich die schwere Holztür zum Tepidarium. Ein kleines, heißes, mit Dampfschwaden erfülltes Geviert, in der Mitte eine weitere, diesmal mit fast kochendem Wasser gefüllte Wanne. Dieser Teil war nicht größer als meine armselige Wohnung in der CCAA und deshalb viel zu klein, als daß sich hier jemand trotz des Dampfes hätte verstecken können.

Blieb also das *Caldarium*. Ich holte tief Luft, dann stieß ich mit aller Gewalt die Verbindungstür auf. Und landete beinahe im Becken. Denn auch dieser Raum war klein und bestand aus einem bescheidenen Schwimmbecken – nur an der Tür war ein schmaler Rand mit einer gemauerten Treppe, die ins Wasser führte. Hier war Salvius. Aber ich sah sofort, daß ich mein *Gladius* wegstecken konnte.

Der Verwalter war nackt und lag auf den Stufen, den Kopf im Wasser. In seinem Rücken klaffte die große, offene Wunde eines mit aller Kraft geführten Schwertstiches.

Vorsichtig beugte ich mich hinunter und zog Salvius die Stufen hoch, bis er auf dem schmalen Beckenrand lag. Es floß kein Blut mehr, und dem Zustand seines Körpers nach zu schließen war er schon seit einigen Stunden tot. Es war nicht schwer zu raten, was passiert war. Salvius war hier angekommen, von seinem Maultierritt ebenso ermüdet wie ich – und wie ich hatte er denselben Gedanken gehabt: ein gutes Mahl und dann Entspannung in den Thermen. Er kam bis zum *Caldarium*.

Was immer er hier vorgehabt hatte, eine Falle für mich sollte es offensichtlich nicht werden. Vielmehr sah es so aus, als hätte ihm jemand eine Falle gestellt.

An diesem Abend herrschte in Tolbiacum wahrscheinlich eine größere Aufregung als in den letzten zehn Jahren zusammengenommen. Nachdem ich dem Wirt von meinem grausigen Fund berichtet hatte, kamen einige Soldaten an und untersuchten die Leiche. Natürlich fiel der Verdacht zunächst auf mich, den ortsfremden Freigelassenen. Jetzt war ich dankbar für die diversen Passierscheine mit gewichtigem Siegel, die ich im *Praetorium* hatte einstecken müssen. Nachdem sie diese gesehen hatten, wurde ich von den Legionären plötzlich so behandelt, als wäre ich ein wichtiger Senator. Ein Dekurio wandte sich mit gestrenger Miene an die wie aus dem Nichts plötzlich aufgetauchten Bewohner von Tolbiacum, die sich nun alle in den Thermen drängten, um einen Blick auf den armen Salvius zu werfen und aufgeregt zu tuscheln.

"Hat jemand was gesehen?" rief der Soldat.

Ich erwartete nicht ernsthaft, daß jemand auf so eine naive Frage antworten würde – und bewies damit wieder einmal, daß ich von der Aufklärung von Verbrechen keine Ahnung hatte. Denn tatsächlich meldete sich eine ältere Sklavin und rief, sie habe am Nachmittag einen Reiter gesehen, der sein Pferd an einer Säule des Säulenganges vor den Thermen angebunden, diese betreten und nach einiger Zeit wieder verlassen habe und fortgeritten sei.

"Welche Straße nahm er?" fragte ich, obwohl ich mir die Antwort schon denken konnte.

"Die zur CCAA, Herr", antwortete die Frau.

"Wie sah er aus?" wollte ich als nächstes wissen – obwohl ich auch hier wußte, was mich erwartete. "Er hatte sich in einen dunklen Mantel gehüllt. Sein Gesicht habe ich nicht gesehen."

Als einige Sklaven den toten Salvius schließlich aus den Thermen getragen und im kleinen Tempel des Ortes aufgebahrt hatten, ging der Dekurio mit seinen Legionären weg, um einen offiziellen Bericht zu schreiben – so wie ich diesen einfachen Mann einschätzte, würde er dafür die halbe Nacht brauchen, mindestens. Die Dorfbewohner drängten in den Schankraum des Gasthofs und bescherten Alexander Helix ein unerwartetes Geschäft.

Ich hatte meine Sachen auf eines der kleinen, schäbigen Zimmer im Obergeschoß gebracht, weil es vollkommen nutzlos war zu versuchen, noch heute abend wieder zur CCAA zurückzureiten. Jetzt saß ich vor einem schon ziemlich leeren Weinkrug und brütete vor mich hin, respektvoll in Ruhe gelassen von den Dorfbewohnern, die an anderen Tischen und am Tresen heftig diskutierten und die absurdesten Spekulationen verbreiteten. Doch ich sollte nicht spotten. Hier in diesem Dorf am Rande der römischen Welt war mir auf die grausamste Art vorgeführt worden, daß meine eigenen Überlegungen ebenfalls nichts wert waren. Salvius war hierhergekommen, weil er etwas herausfinden wollte – oder weil er bereits etwas herausgefunden hatte. Und weil er wollte, daß ich ihm bis hierhin folgte. Deshalb brachte der Mörder seines früheren Herren auch ihn um. Und ich war um ein paar Stunden zu spät gekommen, weil mir ein bornierter Dekurio im *Praetorium* einen kurzatmigen Klepper angedreht hatte! Irgendwo auf dem Olymp mußte sich ein Gott mit einem besonders perfiden Humor (aber welche Götter haben nicht einen besonders perfiden Humor?) gerade ausschütten vor Lachen.

Ein Schatten fiel auf meinen Tisch, gerade als ich dabei war, in einer Welle aus Selbstmitleid zu versinken. Vor mir stand ein Greis, der sich trotz seines Alters noch kerzengerade hielt. Dieser Umstand und die Narbe am Kinn, die vom jahrelangen Tragen des Helmgurtes herrührte, zeigten sofort, daß er ein Veteran war.

"Darf ich mich setzen, Herr?" fragte er höflich.

Ich nickte ihm zu und lud ihn zu meinem Wein ein.

"Ich bin Gaius Iulius Maternus", sagte er nach seinem ersten tiefen Schluck, "ehemaliger Legionär der I. Legion, in Ehren entlassen, Bauer geworden, Ehemann und Vater, Einwohner von Tolbiacum mit allen Bürgerrechten der CCAA."

"Freut mich", antwortete ich düster. Ich dachte gerade an Britannien.

"Ich habe heute nachmittag deinen Freund vor den Thermen getroffen", flüsterte der Alte, und ich war plötzlich wieder hellwach.

"Er wollte gerade hineingehen, als ich herauskam. Er hat mir ein paar Fragen gestellt – er wollte alles über das Massaker von Tolbiacum wissen."

Ich starrte ihn an und fragte mich, ob ich an einen jener Veteranen geraten war, die im Alter verrückt geworden waren.

"Der Aufstand des Iulius Civilis vor dreißig Jahren", erklärte er geduldig. "Zu dieser Zeit stand hier gegenüber der Herberge noch eine große, hölzerne Markthalle. Ein paar Bürger kamen damals aus der CCAA hierhin, um die beste Kohorte jener Aufständischen, die noch dachten, daß dies ihre Verbündeten seien, zu einem Fest in der Markthalle zu überreden. Als die Soldaten betrunken waren, schlossen die Bürger der Stadt die Halle und zündeten sie an. Das war das Ende vom Aufstand."

Dies war eine der Stellen, die Calpurnius Repentinus im Werk des Tacitus angestrichen hatte. Ich hatte noch immer keine Ahnung, wer sein Mörder gewesen war, doch ich hatte das entnervende Gefühl, daß die Antwort geradezu vor meiner Nase saß.

"Jetzt erinnere ich mich", sagte ich. "Und was genau wollte Salvius von dir wissen?"

"Wer damals dafür verantwortlich war. Und ob es Überlebende gegeben hat." Gaius Iulius Maternus nahm erneut einen tiefen Schluck, sichtlich erfreut über meine atemlose Ungeduld. Ich tat ihm den Gefallen und fragte drängend:

"Und? Was hast du gesagt?"

"Ich sagte", antwortete der Alte feierlich und so laut, daß alle im Schankraum es hören konnten, "daß die Bürger aus der CCAA von einem Zenturio aus der I. Legion, meiner Legion, angeführt worden seien, Quintus Valens, dem Sohn des Fabius Valens, der rechten Hand des Imperators Aulus Vitellius!"

Seinem Ton nach zu urteilen war er noch heute stolz auf diese Tat. Nun ja, es waren Aufständische gegen Rom, da leisten wir uns gemeinhin keine Zimperlichkeiten. Dann, diesmal bildete ich mir ein, einen leichten Unterton des Bedauerns herauszuhören, fuhr Maternus fort:

"Die Sache war damals so gut organisiert, daß es, soweit ich weiß, nur einen Überlebenden gegeben hat. Es war der junge Sohn eines jener vier Zenturionen der XX. Legion, die Vitellius gleich am Anfang seiner Regentschaft hingerichtet hatte, weil sie sich nicht sofort auf seine Seite schlugen. Der Sohn war daraufhin zu den Aufständischen gegangen und mit ihnen hier in Tolbiacum in die Falle gelaufen, konnte aber irgendwie entkommen."

"Weiß du seinen Namen?" fragte ich gespannt.

Maternus lachte. "Der steht doch sogar bei Tacitus!"

"Ich konnte nur wenige Stellen lesen", zischte ich gereizt – ein zugegebenermaßen peinliches Eingeständnis für einen Bibliothekar.

"Der Sohn hieß genauso wie sein geköpfter Vater: Calpurnius Repentinus!" rief er.

Ich verschluckte mich an meinem Wein und bekam einen erbärmlichen Hustenanfall.

"Ich möchte wissen, was an diesem Namen so Schreckliches ist!" rief der Alte verwundert. "Dein Freund Salvius sank heute nachmittag auch beinahe ohnmächtig zu Boden, als ich es ihm erzählte."

Und ich, so stark hustend, daß mir die Tränen aus den Augen sprangen wie bei einem kleinen Springbrunnen, wußte plötzlich, wer der Mörder war.

Ein neuer Imperator

Ich verbrachte eine schlaflose Nacht in der Herberge von Tolbiacum. Am nächsten Morgen ritt ich in aller Frühe los – doch nicht auf der Straße, die zur CCAA führte, sondern auf der zum Legionslager von Bonna. Ich vermutete zwar, daß man mir erst in der Stadt selbst wieder einen Hinterhalt legen wollte, doch sicher ist sicher.

Die bedauernswerte Agrippina wurde von mir so lange mit Tritten und Flüchen malträtiert, bis sie sich tatsächlich zu so etwas wie einem Trab entschloß. So erreichte ich das Lager schon am Nachmittag, übergab den Gaul mit einigen meiner offiziellen Papiere an einen zeternden Quartiermeister und sprang, meine mir noch verbliebenen wichtigen Papyri herrisch schwenkend, auf ein dickbauchiges Handelsschiff, das noch bis zur *Colonia* fahren wollte. Es war ein schwerfälliger Kahn, dessen Bug in einem unproportionierten Sporn auslief. Auf jeder Seite pflügten 22 Ruder durch das Wasser, gezogen von bärtigen, verwildert aussehenden Germanen. Da wir stromab schwammen, hatten wir in weniger als zwei Stunden den kleinen Hafen der CCAA erreicht. Ich sprang von Bord und rannte die wenigen hundert Ellen bis zur Stadtmauer, von dort weiter bis zum *Praetorium*. Es war wieder Abend, als ich meinen Bericht vortrug.

Ich war so voller Wut und Scham, voller Rachegedanken und Selbstbeschimpfungen, daß ich zunächst gar nicht bemerkte, welches Durcheinander im *Praetorium* herrschte. Legionäre rannten in kleinen Trupps in unentwirrbarer

Ordnung herum, wie Ameisen, die emsig etwas bauen. Dazwischen Sklaven, Schreiber, Lastenträger, Priester in verhüllten Gewändern, Händler. Irgend etwas wurde vorbereitet, doch mir war nicht klar, was – und mir war es auch gleichgültig.

Inmitten einer Gruppe aufgeregt debattierender Legaten erblickte ich endlich ein bekanntes Gesicht: meinen ehemaligen Herren.

"Hadrianus!" rief ich quer durch den Raum, "Patron! Ich muß dich sofort sprechen." Ich war alles andere als ehrerbietig, doch Hadrianus hatte die Stärke, im entscheidenden Augenblick nicht auf Formalien zu beharren.

"Was ist los?" fragte er in nüchternem Ton.

"Ich habe den Mörder des Repentinus!" sagte ich und versuchte dabei, meiner Stimme den hysterischen Klang zu nehmen.

"Wirklich?" meinte Hadrianus erfreut. Er verabschiedete sich mit einer knappen Verbeugung von den Legaten, die uns erstaunt anstarrten, weil sie nicht verstanden, um was es ging. Er führte mich in eine der unzähligen kleinen Schreibstuben des *Praetorium*s.

"Ich höre", sagte er kurz, als er die Tür schloß.

Ich glaubte, daß es am besten sei, keine theatralische Vorstellung daraus zu machen.

"Aulus Fortis hat Repentinus erstochen", bemerkte ich so nüchtern wie möglich. Ich hatte die Freude, meinen ehemaligen Herren so überrascht zu sehen, daß er sich hinsetzen mußte. Halb erwartete ich jetzt eine empörte Tirade, da ich es wagte, ausgerechnet seinen neuen Freund und Gesinnungsgenossen zu verdächtigen, doch er blieb ruhig. Nachdem er sich wieder gefaßt hatte, fragte er nur:

"Warum?" Es klang schon beinahe so beiläufig, als frage er nach einem neuen Fischrezept, einem erbaulichen Gedicht oder sonst etwas Belanglosem.

Ich nahm mir die Freiheit, mich ebenfalls zu setzen, ohne um Erlaubnis zu bitten.

"Die Sache hat nichts mit Glas zu tun", meinte ich, "zumindest nicht direkt. Es begann vor dreißig Jahren mit dem Aufstand des Iulius Civilis."

Ich machte eine Pause und wartete ab, ob Hadrianus diesen Namen und die damit verbundenen Ereignisse irgendwo einorden konnte. Er konnte. Mein ehemaliger Herr las unglaublich viel und hatte ein erschreckend umfassendes Gedächtnis.

"Als die beste Kohorte der Aufständischen in Tolbiacum verbrannte", fuhr ich fort, "gab es nur einen Überlebenden: Calpurnius Repentinus. Nach den Wirren der kurzen Regentschaft des Vitellius und des Aufstandes kam er in die *Colonia* und fing als Glashersteller an. Vielleicht wollte er alles vergessen, vielleicht hat er aber auch all die langen Jahre nach demjenigen gesucht, der seine Kameraden damals bei lebendigem Leibe verbrennen ließ. Für letzteres spricht, daß er sich unter all den Städten des Imperiums ausgerechnet die CCAA ausgesucht hat, die Stadt, aus der die Mörder kamen.

Vor ein paar Monaten muß er – ich weiß nicht wie – auf den Namen desjenigen gestoßen sein, der damals in Tolbiacum den Befehl geführt hat: Quintus Valens. Aber es gibt keinen Quintus Valens mehr. Nachdem die Sache des Vitellius verloren war, ist dieser Mann verschwunden – oder besser gesagt: dieser Name."

Hadrianus sah mich nachdenklich an.

"Doch deiner Meinung nach ist Quintus Valens identisch mit Aulus Fortis", sagte er nüchtern. "Warum?"

"Der Name", sagte ich müde, "und so viele Zeichen – ich war nur zu blind, sie zu deuten. 'Valens' bedeutet 'stark, kräftig' – genauso wie 'Fortis'. Wenn dieser Mann wirklich die griechische Kultur liebt – und ich denke, er trägt seinen

Philosophenbart in erster Linie, um die typische Legionärsnarbe des Helmbandes zu verdecken –, dann wohl vor allem die Kyniker. Sein neues *Praenomen* Aulus ist dasselbe wie das seines alten Imperators, Aulus Vitellius. Und seine Tochter nennt er nach der Frau seines alten Befehlshabers: Galeria. Ein Raum in seiner Villa hat ein Mosaik, in dessen Mitte ein Widder dargestellt ist – das Wappentier der I. Legion, der, der Quintus Valens einst angehörte.''

Ich machte eine Pause. Hadrianus war so höflich, mich nicht zu drängen.

``Ich habe keine Ahnung, wieso Aulus Fortis alias Quintus Valens ausgerechnet als Teilhaber bei dem Mann einstieg, dessen Rache er am meisten zu fürchten hatte. Vielleicht war es einer dieser bitteren Scherze der Fortuna und er war ahnungslos, wußte anfangs gar nicht, daß sein Partner der einzige Überlebende des von ihm einst befohlenen Massakers war. Was ganz bestimmt im umgekehrten Fall galt: Repentinus hatte sicherlich keine Vorstellung davon, mit wem er sich da einließ. Irgendwann muß Fortis/Valens das herausgefunden, aber nichts deswegen unternommen haben. Er hoffte wohl, daß Repentinus bis zum Ende seiner Tage unwissend bleiben würde, ein Mord wäre dann nicht nur unnötig, sondern auch geschäftsschädigend gewesen – schließlich hatte Fortis/Valens einen Teil seines Vermögens in die Glaskunst des Repentinus investiert.

Dieser schöpft schließlich doch Verdacht, fängt Nachforschungen an. Geht in die Bibliothek und stößt auf die Berichte über die alten Greueltaten bei Tacitus und Suetonius, befragt den Schmied, der Caesars Schwert reparierte – jenes Schwert, das der junge Fortis/Valens dem Vitellius vorantrug. Und schließlich stiehlt er den Dolch des Otho, jene Frevelgabe, die Vitellius dem Marstempel der CCAA zum Geschenk gemacht hatte.

Sein Teilhaber beobachtet ihn die ganze Zeit, wird immer nervöser, sieht, wie sich die Schlinge des Repentinus immer enger um seinen Hals zieht. Als der Dolch verschwunden ist, muß Fortis/Valens handeln, denn entweder wird ihn sein Teilhaber während der Saturnalien bei Traianus und im Beisein aller wichtigen Bürger der CCAA anklagen – oder er wird ihn auf diesem Fest mit dem alten Freveldolch erstechen. Da kommt ihm Fortis/Valens zuvor – entweder mit eigener Hand oder durch einen bezahlten Mörder, den er angeheuert hat."

Hadrianus sah mich lange an, so lange, bis ich mich sichtlich unter seinem Blick wand. Er nickte befriedigt.

"Das ist erst die halbe Geschichte", stellte er sachlich fest. "Ich habe den Verdacht, daß in der anderen Hälfte noch einige Hauptpersonen mehr auftreten – du, zum Beispiel."

"Ja, Herr", nickte ich ergeben, "zum Beispiel ich. Mich nimmt er anfangs nicht sonderlich ernst und schickt einen billigen Schläger aus, der mich ausschalten soll – was danebengeht, zumindest teilweise. Doch in genau dieser Nacht stirbt auch ein alter, kranker Glasbläser, der sich für mich umhören wollte. Ich bin überzeugt, daß das kein Zufall sein kann. Dann lernt Fortis/Valens mich besser kennen und findet sicherere Wege, mich unschädlich zu machen: dadurch, daß er sich an dich, meinen ehemaligen Herren, wendet und mich so unter Druck setzt – und durch seine Tochter Galeria."

Hadrianus' Lippen zuckten in einem mitleidigen Lächeln. Er, der für den Augenaufschlag eines schönen Jünglings ungerührt den Reichtum einer ganzen Provinz hergeben würde, hatte immer eine seltsame Verachtung für die Männer übrig, die denselben Reichtum ebenso bedenkenlos verschwenden würden – aber für den Augenaufschlag einer schönen Frau.

Ich bemühte mich, möglichst gleichmütig fortzufahren: ''Mittlerweile hat auch Salvius, der durch den Mord an seinem Herren um seine Freiheit betrogen wurde, einen Teil der Wahrheit herausgefunden – unter anderem auch durch die Schriften des Suetonius und Tacitus in der Bibliothek der 'Thermen der Sieben Weisen'. Er hat einen Verdacht, doch keinen Beweis – dafür aber einen Plan. Als Sklave kann er nicht einfach einen mächtigen Mann anklagen, einen ehemaligen *Duumvir*. Doch er kann den Verdacht von mir, dem offiziell damit beauftragten Ermittler, auf Fortis/Valens lenken. Er versucht es zumindest. 'IN VINO VERITAS' finde ich auf einem Zettel in meiner Wohnung – natürlich ein Hinweis auf das große Bacchus-Mosaik im Triklinium der *Villa* des Fortis/Valens. Aber ich kann diesen Hinweis nicht entschlüsseln.''

Ich holte tief Luft, weil ich wieder Hadrianus' nachdenklichen Blick auf mir lasten spürte. Es waren diese entwürdigenden Gedanken, die mich die letzte Nacht ruhelos sein ließen, die ich seit gestern abend in meiner Seele durchkaute wie ein bitteres Blatt.

''Und etwas weigerte sich in mir, diesen Hinweis zu verstehen. Ich fühlte mich zu Galeria ... sehr stark hingezogen.'' Ich würde alles tun, aber Hadrianus nie verraten, wie stark ich Galeria wirklich geliebt und wie weit wir gegangen waren. Und so verschwieg ich ihm, daß Galeria alles über ihren Vater wissen mußte; daß sie sich mir hingegeben hatte, um mich abzulenken, mich auszuhorchen und schließlich, nach unserem ersten heimlichen Treffen auf dem Gräberfeld vor der Stadt, mich einem von ihrem Vater gedungenen Mörder an der *Ara Ubiorum* sozusagen auf dem Silbertablett zu präsentieren. Niemals würde ich jemandem davon erzählen. Leise und mit gesenktem Kopf sagte ich nur:

''Salvius brachte mich durch ein paar versteckte Hinweise dazu, in Tolbiacum selbst nachzuforschen. Galeria erfuhr dies von mir – rechtzeitig genug, um ihren Vater davor zu warnen, daß auch der Sklave zuviel wußte; und rechtzeitig genug, daß er einen Mörder nach Tolbiacum schicken konnte.''

Danach war es lange Zeit still im Raum. Schließlich erhob sich Hadrianus. Er sprang so energisch von seinem Hocker hoch wie es nur ein Mann tut, der einen Entschluß gefaßt hat und nun begierig ist, ihn auszuführen. Müde folgte ich ihm.

''Traianus wird sich freuen, eine so interessante Geschichte zu hören'', sagte ich bitter.

Hadrianus sah mich erstaunt an. Dann brach er, zu meiner grenzenlosen Verwunderung, in Gelächter aus.

''Wie hat einer wie du überhaupt einen Mörder finden können?!'' rief er belustigt. ''Was hast du mit deinen Augen und Ohren gemacht, als du durch das Lager in Bonna und vom Hafen bis zum *Praetorium* gelaufen bist? Oder hast du in dieser Zeit aus einem wunderlichen Grund, den allein die Götter kennen mögen, plötzlich kein Latein mehr verstanden?'' Ich starrte meinen ehemaligen Herren noch immer verständnislos an. Der schüttelte den Kopf, beruhigte sich dann und sagte betont deutlich:

''Heute morgen kam die Nachricht aus Rom, daß der Imperator Marcus Cocceius Nerva sein Leben ausgehaucht hat. Traianus ist unser neuer Kaiser!''

Dies war die letzte Finte der Fortuna in diesem ihrem trickreichen Spiel. Traianus war der mächtigste Mann der Welt geworden, die Pläne von gestern zählten nicht mehr. Die ganze Aufregung in der Stadt, das Durcheinander, die hektisch herumlaufenden Menschen – sie alle gehörten zu zwei großen, gegenläufigen Bewegungen. Die einen packten die unzähligen Sachen, die dem Herren der Welt gehörten und strebten mit ihm gen Rom, weg aus der CCAA; und die anderen gehörten zu jener bunten, unorganisierten, von tausend verschiedenen Motiven getriebenen Schar, die nichts Eiligeres zu tun hat, als sich dem neuen Imperator zu präsentieren, möglichst noch in einer Provinzstadt wie der CCAA, dort, wo er noch nicht so abgeschirmt ist wie in Rom. Traianus hätte, wenn überhaupt, nur wenige Augenblicke Zeit für mich.

Ich drängte mich hinter Hadrianus in den großen Prunksaal, wo der neue Herrscher thronte. Da er jederzeit mit ihm reden durfte, flüsterte Hadrianus kurz mit diesem Feldherren in seiner prachtvollen Panzerrüstung, der nun über unser Schicksal mehr Macht hatte als selbst die Götter, dann durfte ich vortreten. Lange Erklärungen waren jetzt sinnlos.

"Salve Imperator!" rief ich und bemühte mich, so soldatisch wie möglich aufzutreten. "Aulus Fortis, Händler und gewesener *Duumvir* der CCAA, ist der Mörder des Calpurnius Repentinus!"

Der Imperator sah mich mit einem strengen, allwissend wirkenden Blick an, den ganze kampferprobte Legionen zugleich liebten und fürchteten (oder liebten, weil sie ihn fürchteten). In diesem Augenblick, hier, vor der personifizierten Macht Roms, wußte ich, daß alle meine eitlen Träume von Ruhm und Einfluß törichter waren als selbst die prahlerischsten Phantasien gekränkter Kleinkinder; ich würde nie mehr sein als ein Freigelassener, ein Mann auf der zweituntersten Stufe einer sehr, sehr langen Leiter.

"Du hast eine gute Arbeit geleistet, Aelius Cessator", sagte Traianus, und dann: "Ich befehle dir, sie zu vergessen."

Ein Freigelassener pariert, wenn der Imperator gesprochen hat. Ich sollte mich militärisch-zackig zurückziehen. Doch ich blieb stehen. Es ging einfach nicht. Hadrianus warf mir einen warnenden Blick zu, doch ich starrte Traianus an.

"Vergessen?" stammelte ich fassungslos. "Aber Imperator, dieser Mann hat einen Gast an deiner Tafel ermordet!"

Zum ersten Mal sah ich Traianus lächeln.
"Ich bin kein Mensch mehr, Aelius Cessator", sagte er mit feiner Ironie, "sondern Politiker – und zwar, weil es der Ratschlag der unsterblichen Götter so will, sogar der mächtigste von allen. Ich beurteile die Menschen nicht länger nach gut und böse, sondern nach nützlich oder gefährlich. Aulus Fortis ist ein erfahrener, reicher Händler, ein Mann mit vielfältigen Fähigkeiten."
Er lächelte jetzt liebenswürdig, doch hinter dieser Maske verbarg sich etwas Erschreckendes. "Ich werde ihn ehren und ihn nach Rom mitnehmen, ihm wahrscheinlich sogar einen Platz im Senat verschaffen. Doch hinter all dieser Pracht lauert für Fortis immer die Gewißheit, daß ich, dank deines Spürsinns, werter Aelius, wann immer es mir beliebt eine Mordanklage gegen ihn erheben kann. Du wirst sehen, Fortis wird ein so treuer Senator werden, wie ihn sich ein Kaiser nur wünschen kann."

Ich stand da wie erschlagen. Aulus Fortis würde für seine Morde nicht bestraft werden, sondern belohnt! Hadrianus und der neue Imperator flüsterten kurz miteinander, dann beugte sich Traianus noch einmal zu mir vor und sagte feierlich:
"In Anerkennung deiner außerordentlichen Verdienste mache ich, Imperator Caesar Marcus Ulpius Traianus, dich, Aelius Cessator, Freigelassener des Publius Aelius Hadrianus, zum neuen Leiter der Bibliothek der 'Thermen der Sieben Weisen' in dieser Stadt, der Colonia Claudia Ara Agrippinensium!"

Und so war es. Ich wurde der Vorgesetzte zweier hirnloser Muskelberge in einer zweitklassigen Bibliothek in zweitklassigen Thermen in einer zweitklassigen Stadt am äußersten Rande des Imperiums. Mein Verdienst war bescheiden und reichte nicht einmal dazu aus, mir bei Iulia Famigerata eine größere Wohnung zu mieten, geschweige denn, ein eigenes Haus zu beziehen.

In dieser Nacht versuchte ich, noch einmal Glück und ein wenig Trost in Lubentinas Armen zu finden, doch ein Schreiber des Traianus, der durch den neuen Status seines Herren möglicherweise einmal sehr einflußreich werden könnte, hatte ihre ungeteilte Gunst gewonnen.

Am nächsten Tag zog Traianus mit großem Pomp ab – und mit ihm alle Männer und Frauen aus seiner Begleitung, alle außer einem. Mit Balbilla Macra und ihrem Mann verschwand Lubentina für immer aus meinem Leben. Und inmitten eines Gefolges aus aufgeregt schwatzenden, prächtig herausgeputzten, griechisch gewandeten Sklaven schwebte eine dunkel verhangene Sänfte in diesem Zug nach Süden mit. Ich konnte keinen Blick hineinwerfen – aber für einen kurzen Moment erklang von dort ein helles Mädchenlachen, so fröhlich und unschuldig wie der übermütige Gesang von Vögeln, die vor der Zeit den Frühling ankündigen. Ich drehte mich um und ging durch die leeren Straßen der CCAA. Es regnete – diesmal so stark, daß die schweren Tropfen wie unzählige kleine, kalte Früchte auf der Haut zerplatzten.

Glossar

Aeneas - Homerischer Sagenheld, der aus dem brennenden Troja fliehen kann und nach manchen Irrwegen zum Stammvater Roms wird.
Amor - Liebesgottheit.
Amphitirite - Frau des => Neptunus.
Amphora - Großes Tongefäß zum Transport und zur Lagerung von Wein, Öl etc.; Als Maßeinheit entspricht 1 Amphora ungefähr 26,26 Litern.
Apollo - Gott der Jugend, des Heilens und der Kunst.
Ara Ubiorum - 'Altar der Ubier', größtes römisches Heiligtum für die beiden germanischen Provinzen.
Architrav - Giebel.
As - Kupfermünze.
Atrium - Innenhof im römischen Haus, bei mehreren Höfen der erste (Vorhof).
Augusteum - Heiligtum für den vergöttlichten Kaiser Augustus.
Auxiliarii - Hilfstruppen.
Bacchus - Gott des Weines.
Baiae - Küstenort in Italien.
Basilika - Große Markthalle, bei schlechtem Wetter fanden hier auch die sonst unter freiem Himmel abgehaltenen Gerichtsverfahren statt.
Bonna - Bonn.
Caldarium - siehe Thermen.
Cardo Maximus - Nord-südliche Hauptstraße im Militärlager und in römischen Städten.
Cella - Tempelinneres.
Charon - Fährmann, der die Toten über den Fluß Styx in das Reich der Schatten trägt.
Charybdis - Eines der beiden sagenhaften Meeresungeheuer vor Sizilien, das andere war Skylla.
Decumanus Maximus - West-östliche Hauptstraße im Militärlager und in römischen Städten.
Dekurionen - Stadtrat.

Dekurio - 'Führer einer Zehnergruppe', entspricht ungefähr einem Unteroffizier.
Denar - Silbermünze (10 As).
Diana - Göttin der Jagd.
Dionysos - Griechischer Gott des Weines, gleichgesetzt mit => Bacchus.
Drachme - Griechische Silbermünze.
Duumvirn - "Zweimänner", die beiden für je ein Jahr gewählten höchsten Beamten der Stadt.
Elle - Längenmaß von circa 44,4 Zentimeter.
Eros - Liebesgottheit.
Familia - Bei den Römern nicht nur Familie im engeren, (bluts-)verwandtschaftlichen Sinn, sondern Bezeichnung für alle, die zum jeweiligen Haushalt gehören, also auch Sklaven, Freigelassene, Klienten etc.
Fortuna - Göttin des Schicksals.
Forum - Marktplatz.
Frigidarium - siehe Thermen.
Genius - Persönliche Schutzgottheit eines jeden Römers.
Gladius - Das römische Kurzschwert. Davon leitet sich auch die Bezeichnung "Gladiator" ab.
Hades - Gott der Unterwelt, aber auch Synonym für das Reich der Toten.
Hephaistos - Griechischer Gott der Schmiede, gleichgesetzt mit => Vulcanus.
Hercules - Heldenhafter Halbgott.
Hypokaustenheizung - Fußbodenheizung.
Ianitor - Türsteher; der Sklave, der beständig die Pforte zu bewachen hat.
Imperator - Ursprünglich der Ehrentitel des siegreichen Feldherren, später allgemeine Bezeichnung für den Kaiser.
Iupiter - Göttervater, "Dolichenus" ist ein lokaler Beiname.
Kalenden - Monatsmitte, der 13., beziehungsweise 15. Tag (März, Mai, Juli, Oktober).
Kapitol - Tempel(-berg) für die drei wichtigsten römischen Götter Iupiter, Iuno und Minerva.

Klienten - Freigelassene oder freigeborene Römer, die im Schutzverhältnis zu einem Senator stehen und ihm gegenüber bestimmte gesellschaftliche und politische Verpflichtungen haben.
Konsul/Konsular - 2 Konsuln im Jahr sind nominell die höchsten Beamten in Rom.
Kurie - Versammlungshalle der Senatoren am Forum Romanum und der örtlichen Stadträte, den => =>Duumvirn und den Decurionen.
Kyniker - Griechische philosophische Schule.
Lacerna - Leichteres Übergewand, Regenmantel aus Wolle.
Lararium - Altar für die => Laren.
Laren - Die Schutzgötter eines Hauses.
Legat - Beauftragter, Abgesandter.
Maenade - Weibliche Begleiterin des => Bacchus.
Mars - Gott des Krieges, als Mars Ultor der "Rächer".
Mercurius - Götterbote, unter anderem auch Gott des Handels. Als solcher Symbol der römischen Kolonisation in den Provinzen und für einheimische Götter; als Mercurius Augustus auch Beschützer des Kaisers.
Mimus - Derbes Volksschauspiel; Schauspieler.
Minora - Beiname: "die Jüngere".
Mithras - Kleinasiatische Gottheit, die bei Legionären sehr beliebt war; verehrt wurde sie im Kultraum, dem Mithraeum.
Najade - Weiblicher Wassergeist, Nixe.
Neptun - Gott des Meeres und der Gewässer.
Nonen - 5. Tag im Monat (März, Mai, Juli; Oktober: 7 Tag).
Novaesium - Neuß.
Nymphaeum - Brunnen.
Pan - Hirtengott, Begleiter des => Bacchus.
Peristyl - Innenhof der römischen Villa.
Portikus - Eingangsfront.
Praetorium - Hauptquartier und "Rathaus" einer Stadt.
Propraetor - Vorsteher einer kaiserlichen Provinz.
Pulsum - Essigwasser.

Retiarius - Schwerbewaffneter Gladiator.

Sappho - Griechische Lyrikerin.

Saturnalien - Religiös-ausgelassenes Fest zu Ehren des Gottes Saturnus, gefeiert in der Woche bis zum 17. Dezember im Jahr.

Satyr - Bocksbeiniger Begleiter des => Bacchus.

Secutor - Schwertkämpfender Gladiator.

Sesterz - Messingmünze (2 1/2 As).

Sic - Ausruf: So!

Stola - Das in langem Faltenwurf getragene Obergewand der Frauen.

Tabula - Kleine Wachstafel auf einem Holzrahmen, in die man mit einem Griffel Notizen hineinritzen konnte. Mit der flachen Seite des Griffels konnte sie schnell wieder glattgestrichen, alle Aufzeichnungen also gelöscht werden – tabula rasa.

Talent - Griechische Geldeinheit, ein Talent entspricht ungefähr 26,2 Kilogramm Silber.

Tepidarium - siehe Thermen.

Thermen - Die Bäder, öffentliche wie private, waren eine prunkvolle römische Institution. Sie waren oft prachtvoll ausgestattet und hatten neben den unseren heutigen Schwimmbädern und Saunen vergleichbaren noch viele weitere Funktionen, unter anderem waren sie gesellschaftlicher Treffpunkt, Stätten für Gymnastik, Rennen und andere Sportarten sowie – in Form der ihnen zugeordneten Bibliotheken – ein Ort der Bildung. Klassischerweise besteht eine Therme aus dem => Frigidarium (Kaltwasserbecken), => Tepidarium (lauwarmes (Schwimm-)Becken) und => Caldarium (Heißwasser-(Schwitz-)Becken).

Toga - Im langen Faltenwurf getragenes, klassisches Übergewand der Römer; diente auch, gekennzeichnet durch Streifen, Muster, Einfärbungen als soziales Rangabzeichen. So durften zum Beispiel nur Senatoren die durch breite Purpurstreifen verzierte Toga praetexta tragen. Die Toga virilis ist das Gewand, das Jungen an dem Tag tragen, an dem sie feierlich zum erwachsenen Mann erklärt werden.

Tolbiacum - Zülpich.
Triclinium - Speisesaal.
Tunica - Einfach geschnittenes, Arme und Beine mehr oder weniger unbedeckt lassendes Haus- und Untergewand bei Frauen und Männern. Zeigte man sich in der Öffentlichkeit, so trugen Frauen zusätzlich über der Tunica die => Stola, Männer die => Toga. Die Tunica recta ist das Gewand der unverheirateten jungen Mädchen.
Venus - Göttin der Liebe.
Vulcanus - Gott der Schmiede.
Zenturio - ‘Führer einer Hundertschaft’, entspricht einem Offizier.

Eine Anmerkung zur Schreibweise:
Wenn es von einem alten Ausdruck eine eingedeutschte Version gibt, habe ich diese verwandt, ansonsten das lateinische (kursiv gesetzte, nicht deklinierte) Original, auch wenn dies manchmal zu ‘‘unlogischen’’ Konsequenzen zwingt, zum Beispiel bei ‘Prätor’ und ‘Praetorium’. Ausnahme: Wenn mit der Eindeutschung auch eine Sinnverschiebung stattfand, zum Beispiel bei ‘Colonia’ (im Sinne von ‘Stadt’), das zu ‘Kolonie’ geworden ist. Namen stehen im lateinischen Original, Maße und Gewichtseinheiten in ihrer besten deutschen Entsprechung (zum Beispiel wird aus ‘cubitus’ die ‘Elle’.)